I0674561

UN

PÈLERINAGE

A LA SALETTE

LK 3000

Église et Cloître en exécution.   Oratoire de l'Assomption.   Lieu de l'apparition.

ÉRECTION D'UN SANCTUAIRE A MARIE

SUR LA MONTAGNE DE LA SALETTE (ISÈRE).

EXTRAIT

DU

MANDEMENT DE MONSEIGNEUR L'ÉVÊQUE DE GRENOBLE,

DU 19 SEPTEMBRE 1851.

« ART. 6. Nous venons d'acquérir le terrain favorisé de l'apparition céleste. Nous
« nous proposons d'y construire incessamment une église qui soit un monument de la
« miséricordieuse bonté de Marie envers nous et de notre gratitude envers elle. Nous
« avons aussi formé le projet d'y établir un hospice pour abriter les pèlerins. Mais ces
« constructions, dans un lieu d'un accès difficile et dépourvu de toutes ressources,
« exigeront des dépenses considérables. Aussi avons-nous compté sur le concours
« généreux des prêtres et des fidèles, non-seulement de notre diocèse, mais de la
« France et de l'étranger Nous n'hésitons pas à leur faire un appel d'autant plus em-
« pressé que déjà nous avons reçu de nombreuses promesses, mais toutefois insuffisantes
« pour l'œuvre à entreprendre. Nous prions les personnes dévouées qui voudront nous
« venir en aide, d'adresser leurs offrandes au secrétariat de notre évêché. Une commis-
« sion composée de prêtres et de laïques est chargée de surveiller les constructions et
« l'emploi des offrandes.

« † PHILIBERT, *évêque de Grenoble.* »

LES OFFRANDES SONT REÇUES :

A **Grenoble,** par M. le secrétaire de l'évêché ;

A **N.-D. de la Salette,** par M. le supérieur des Missionnaires ;

A **Calais,** par M. GOBERT, chan. hon. 1er vicaire.

UN

PÈLERINAGE

A LA SALETTE

PAR L'ABBÉ GOBERT

Chanoine honoraire de Grenoble, Vicaire de Notre-Dame
et Aumônier de l'Hôpital militaire à Calais.

*Ficus enim non florebit et non erit
germen in vineis; mentietur opus olivæ
et arva non afferent cibum.*

Le figuier ne fleurira pas et les vignes
ne pousseront point ; l'olivier trompera
l'attente qu'on avait de son fruit et les
campagnes ne porteront point de grain.
HABACUC, III, 17.

————o·o§o·o————

LILLE

L. LEFORT, IMPRIMEUR-LIBRAIRE

1854.

PRRMIS D'IMPRIMER.

Arras, 25 Janvier 1854.

PARENTY, VIC.-GÉN.

A Monseigneur

PHILIBERT DE BRUILLARD,

Ancien Évêque de Grenoble.

A Monseigneur

JACQUES-MARIE-ACHILLE GINOULHIAC,

Son digne successeur sur le même siège.

Hommage d'un profond respect.

L'AUTEUR.

PRÉFACE.

Il y a environ cinq ans, en parcourant les colonnes d'un journal anglais (*the Tablet*), je fus frappé du récit d'un fait extraordinaire arrivé près de Grenoble. Jusqu'alors cet évènement n'avait eu de retentissement que dans le pays où il avait eu lieu ; une sage prudence le tenait resserré dans d'étroites limites ; le Nord de la France n'en avait entendu qu'un écho vague et indéterminé. La vérité ressemble au soleil : elle n'éclaire pas à la fois toutes les parties du monde. Avant de paraître dans toute sa splendeur, elle a besoin de dissiper les nuages amoncelés sur son passage par les passions des hommes.

Je lisais donc pour la première fois ces intéressants détails, et aussitôt je me sentis entraîné par la force irrésistible de leur évidence. Pouvais-je rester froid et indifférent devant un combat inouï, devant une lutte glorieuse, inexplicable, qui me rappelait, jusqu'à un certain point, le triomphe des apôtres et les moyens dont Dieu s'est servi pour fonder son Église! Deux pauvres petits pâtres des Alpes étaient depuis deux ans aux prises avec toutes les subtilités étudiées de milliers d'interrogateurs qui, pour les faire tomber en contradiction et les surprendre en flagrant délit d'imposture, épuisaient vainement toutes les ressources de leur habileté.

Ce prodige, car c'en est un, me révéla le doigt de Dieu. N'est-ce pas sa conduite ordinaire dans la manifestation de sa puissance! les moyens qu'il emploie ne déconcertent-ils pas toujours la sagesse humaine! Il n'y a que Dieu qui puisse faire de grandes choses avec le néant... « *Infirma mundi elegit Deus, ut confundat fortia.* Il a choisi les faibles selon le monde, pour confondre les puissants [1]. »

J'entrevis donc, dans le courage et le triomphe

[1] 1re Epit. de S. Paul aux Corint. ch. 1er, v. 27.

de ces deux enfants, certains caractères d'un fait miraculeux. Une autre raison, la circonstance des temps contribua à m'affermir dans mon opinion. Qu'on se le rappelle, la société était alors menacée des plus grands désastres. Le vaisseau de la France, soulevé par des vagues furieuses, faisait des signaux de détresse. Le Ciel seul pouvait nous sauver. La brillante clarté de la montagne de la Salette n'était-elle pas ce phare lumineux que la bonté divine plaçait devant nous pour nous guider au sein d'une effroyable tempête?.... Voilà les réflexions que je me faisais [1].

Je n'en restai pas là. Je voulus pénétrer aussi

[1] Voir le *Mandement* de Mgr de Grenoble du 1er mai 1852. On y trouvera les mêmes motifs. Voici un extrait de ce remarquable mandement :

« Rappelez-vous ici l'époque à laquelle Marie apparut sur la montagne de la Salette. Cette Apparition, le 19 septembre 1846, n'a-t-elle pas été comme la préface des plus grands évènements ? Voyez les agitations populaires, les trônes renversés, l'Europe bouleversée, la société sur le penchant de sa ruine. Qui nous a préservés, qui nous préservera encore de plus grands malheurs, si ce n'est celle qui est venue d'en haut sur nos montagnes, pour y planter en quelque sorte un signe de ralliement et de salut, un phare lumineux, un serpent d'airain, vers lequel les âmes pieuses ont levé les yeux pour détourner le courroux céleste et nous guérir de blessures incurables ! »

loin que possible dans la connaissance du fait lui-
même, interroger tous les documents, peser toutes
les raisons contradictoires. Le bon vouloir de M.
Perrin, alors curé de la Salette, me fut d'un grand
secours. Qu'il reçoive ici le témoignage de ma vive
reconnaissance.

A l'aide d'une correspondance de plusieurs années avec ce vénérable confrère, j'ai pu suivre
toutes les phases de cette importante affaire, et la
conviction la plus profonde de la vérité du fait a
été pour moi le résultat de cette étude sérieuse,
réfléchie, sans prévention comme sans enthousiasme.

Des faits extraordinaires, des guérisons radi-
cales, instantanées, dont j'ai été témoin, ont certainement beaucoup contribué à fixer mes idées
et à déterminer mon adhésion. Mais, comme il ne
m'appartient pas de qualifier ces guérisons, je
laisse ce soin à qui de droit et je me borne à les
constater.

On peut se faire maintenant une idée facile du
désir que je devais avoir de visiter moi-même ces
lieux célèbres et de m'entretenir avec les heureux
bergers. Chaque année, quand j'entendais parler

de cet immense concours de pèlerins qui se reu-
daient à la Salette, je me faisais un reproche de
n'avoir pas encore été déposer mes hommages aux
pieds de la madone de la sainte montagne. Aujourd'hui mes vœux sont satisfaits. J'ai accompli
ce doux et pieux devoir. Je suis revenu plus convaincu que jamais, et je prie la sainte Vierge de
faire partager mes convictions à tous ceux qui
voudront bien lire le récit de mon pèlerinage.

Si le fait en lui-même est vrai, il faut nécessairement rentrer dans la voie qu'il indique, ou
s'attendre à de terribles calamités. Elles viendront
fondre sur nous, non-seulement comme un châ-
timent, mais comme une conséquence de l'in-
fraction *des lois divines, conservatrices de la société.*

Il s'agit donc ici d'une affaire grave et d'autant
plus pressante, que cette année même, nous avons
déjà senti le bras de Dieu s'appesantir sur nous.
J'ai traversé la France, j'ai vu ses vignes désolées,
et je me suis rappelé tristement les menaces de la
Salette [1].

Ce n'est pas un livre que je présente au public,

_____

[1] *Les raisins pourriront....* (Voir plus loin le discours de
la sainte Vierge aux jeunes bergers de la Salette.)

mais un modeste recueil de mes impressions de voyage. Ce bouquet, composé de toutes les fleurs que j'ai pu cueillir sur ma route, je l'offre à la sainte Vierge, en reconnaissance des suaves délices qu'elle m'a fait goûter sur sa sainte montagne.

Dans l'intérêt des personnes qui n'ont pas encore lu les lumineux écrits de M. l'abbé Rousselot sur cette matière, j'ai cru devoir réfuter les principales objections qui ont été soulevées pour révoquer en doute la vérité du fait. J'espère démontrer que vouloir expliquer l'évènement de la Salette en dehors de toute intervention céleste, c'est se jeter dans un labyrinthe de difficultés insolubles.

Puissent ces quelques pages intéresser des lecteurs indulgents et leur inspirer pour la céleste Apparition toute la confiance qui m'anime.

L'ABBÉ GOBERT.

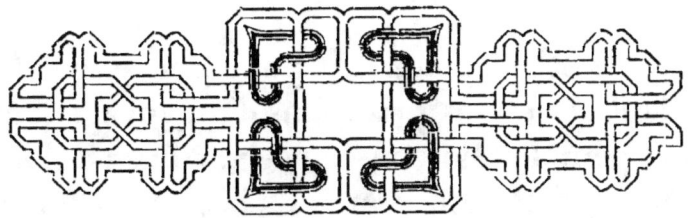

PÈLERINAGE A LA SALETTE.

Dans les premiers jours de septembre 1853 , je prenais place dans un des wagons du chemin de fer du nord. Tout en admirant les inventions de la science moderne, la longue machine qui allait me transporter avec une rapidité effrayante , j'étais préoccupé de ma position de pèlerin, qui me paraissait exiger moins de confort et plus de sacrifices. Je me rappelais l'exemple de nos pères, partant pour des contrées lointaines avec la même intention que moi, mais le bourdon à la main , le sac sur le dos, quelquefois nu-pieds et ne comptant pour rien toutes les fatigues et les privations d'un voyage long et pénible. Ma conscience m'adressait donc le reproche que saint Philippe de Néri fit un jour si délicatement à un de ses amis qui entreprenait un pèlerinage en voiture. Qu'aurait-il dit s'il eût été témoin de ces moyens expéditifs employés au XIXᵉ siècle ! Néanmoins je me rassurai dans la pensée que la sainte Vierge bénirait également ce long voyage que je commençais pour sa gloire et que les obligations de mon ministère me forçaient d'exécuter en peu de jours.

Le 14 septembre, j'arrivai à Grenoble à sept heures du soir. A mon entrée dans cette antique cité, un magnifique spectacle frappa mes yeux : c'était celui que présente quelquefois le coucher du soleil dans les pays de montagnes. Grenoble se montrait à moi submergée dans un océan de feu ; à l'est, sur un des pics les plus élevés, l'arc en-ciel avait déposé les nuances de toutes ses couleurs ; la réverbération était éblouissante : je croyais être devant le Thabor dans sa splendeur. Le lendemain on me fit remarquer dans les nues une longue traînée blanche ; c'était ce même pic de la veille, qui, dépouillé de sa brillante robe, étalait à mes regards étonnés ses neiges et ses glaciers éternels.

Bâtie sur les rives de l'Isère, Grenoble est élevée de plus de 200 mètres au-dessus du niveau de la mer. Ses rues sont médiocrement larges ; les chaussées sont bordées de trottoirs dallés, que baigne presque toujours l'eau des fontaines, coulant dans des gargouilles de pierre de taille.

A gauche de la ville, on aperçoit une forteresse qu'on nomme la Bastille ; elle est à 500 mètres au-dessus de la mer.

En face du palais-de-justice se trouve la statue du Chevalier sans peur et sans reproche : Bayard y est représenté mourant, la main appuyé sur la garde de son épée.

La cathédrale de Grenoble ne manque pas d'intérêt ; elle remonte à une très-haute antiquité, comme l'indiquent ses murs de briques couronnés de machicoulis. Saint Hugues dit, dans son cartulaire, qu'elle fut construite par l'évêque

Isarne, qui vivait à la fin du xe siècle.

A l'époque des guerres de religion, cet édifice fut plusieurs fois le théâtre de scènes déplorables; on y voit encore les traces que laissa sur son passage le terrible Baron des Adrets.

DÉPART DE GRENOBLE POUR LA SALETTE.

Le 17 septembre 1853, à sept heures du matin, je quittai Grenoble pour me rendre à la Salette. J'étais heureux : j'allais arriver au terme de ma course et voir de mes yeux cette montagne bénie, témoin des merveilles qui m'avaient fait entreprendre un voyage de 225 lieues. De Grenoble à la petite ville de Corps, près de la Salette, on compte 48 kilomètres. La route qui y conduit est large, parfaitement entretenue; c'est la grande route de Grenoble à Gap. Je fis le trajet en compagnie de huit prêtres des environs. Mes compagnons de voyage mirent toute la complaisance possible à m'expliquer les curiosités de leur beau pays, et à me faire admirer ces montagnes de marbre, de calcaire, de schiste, dont les sommets sourcilleux s'élèvent au-delà des limites de la végétation, tandis que leurs flancs sont entourés de blancs nuages qui se balancent en prenant les formes les plus variées et les plus gracieuses.

De Grenoble à Vizile, petite ville d'environ cinq mille âmes, où l'on arrive après avoir parcouru une étendue de 16 kilomètres sans rencontrer la plus petite montée, la route est bordée à droite et à gauche d'arbres magnifiques. Vizile est bâtie près de la Romanche, torrent impétueux, qui fait entendre le murmure de ses eaux bourbeuses et frémissantes. Si vous levez la tête, vous apercevez les croupes des montagnes sur lesquelles s'allongent des amas de glace et de neige; si vous abaissez vos regards, vous êtes tout surpris d'avoir devant vous une riche marquetterie formée de diverses teintes de verdure, qu'une végétation puissante étale avec une espèce d'orgueil.

A neuf heures, nous étions à Vizile, qui est célèbre par la mémoire du conné-

table de Lesdiguières et par les souvenirs
de la première assemblée Dauphinoise. Il
paraît, en effet, que c'est dans l'une des
salles du Vieux Castel de Lesdiguières que
se tint la première séance des Etats-géné-
raux de la province, en 1789. Nous avons
visité ce château, véritable géant de la
féodalité. Du côté du parc, la façade est
ornée d'un magnifique escalier à plusieurs
étages, de doubles rampes d'un effet grandiose. Aujourd'hui ce superbe monument
est converti en une fabrique d'étoffes, la
fumée a noirci ses murs, et de nombreux
ouvriers y gagnent leur pain à la sueur
de leur front.

Après avoir admiré les produits de l'in-
dustrie et la magnifique structure du Vieux
Castel, nous reprenons notre route pour
la Salette. Jusqu'ici tout n'a été que roses
dans notre voyage; les difficultés commencent.

A un kilomètre de Vizile, nous sommes
au pied d'une énorme montagne. Il ne
nous faudra pas moins de deux heures et
demie pour la gravir. Afin de ne pas fati-
guer les chevaux, nous mettons pied à

terre. A mesure que nous avançons, nous voyons se dérouler devant nous le plus magnifique panorama. La vue s'arrête de tous côtés sur une chaîne de montagnes jetées circulairement, comme pour servir de rempart à Vizile. Leurs flancs sont couverts de forêts séculaires, et à leurs pieds s'étendent de magnifiques pièces d'eau qui reflètent l'azur des cieux. Mais le plaisir qu'éprouve le voyageur en admirant toutes ces merveilles, cesse bien vite pour faire place à l'effroi, quand il vient à mesurer du regard la profondeur des abîmes dont il n'est séparé que par un mince talus. Après de longs et pénibles efforts, nous parvenons enfin au sommet de la montagne, au village de la Frey, où le voyageur ne rencontre pas sans surprise, à cette hauteur, trois lacs, dont un remarquable par sa longueur et sa largeur.

A deux heures de l'après-midi, nous voici à la Mure. Cette ville, qui n'est guère plus peuplée que Vizile, est bâtie sur un mamelon assez élevé. Ses habitants sont d'une extrême politesse. C'est une des villes les plus religieuses du diocèse de Grenoble.

Nous y restons cinq heures, pour donner à nos chevaux le temps de se reposer. De la Mure à Corps, la scène devient de plus en plus grandiose. « Voyez-vous, à droite de la route, me dit un de mes compagnons de voyage, cette énorme tête grisâtre, dénudée, qui se perd dans les nues? C'est l'Obiou, le géant de ces montagnes, qui a trois mille mètres d'élévation. » L'imagination frémit à l'aspect de cette masse énorme. L'homme est alors obligé de rentrer en lui-même, de songer à son néant et à la toute-puissance de Dieu, qui a fait ces grandes choses.

CORPS.

Nous arrivâmes à Corps vers dix heures du soir, au milieu d'une affluence de monde; car déjà des centaines de pèlerins étaient venus pour le même motif que nous, dans la pieuse intention de célébrer le septième anniversaire de l'apparition de la sainte Vierge aux heureux bergers. Corps n'a rien de remarquable. Sa population est à peine de deux mille âmes. Cet endroit a beaucoup gagné, sous tous les rapports, depuis l'évènement de la Salette.

Chaque jour, pendant les cinq beaux mois de l'année, il arrive sur le plateau de la montagne de la Salette trois ou quatre cents nouveaux pèlerins. On ne sera donc pas surpris d'apprendre que deux jours avant le célèbre anniversaire, 19 septembre, tous les hôtels de Corps étaient encombrés, ainsi que les maisons particulières. De Grenoble à Corps, on ne rencontre que diligences, voitures de toute espèce, chargées de pèlerins. Il en est de même des autres routes qui y aboutissent du côté de Gap. Il semble que ces innombrables populations se soient donné le mot, et que de cinquante lieues à la ronde elles aient fixé à la Salette leur rendez-vous général pour le 19 septembre.

A peine étions-nous arrivés à Corps, que nous tînmes conseil pour savoir si nous gravirions la montagne de la Salette pendant la nuit. Il faisait noir, le temps

était incertain et chargé d'épais brouil-
lards : nous résolûmes d'attendre au lendemain.

NOUS PARTONS POUR LA SAINTE MONTAGNE.

Le lendemain donc, à six heures et
demie du matin, nous étions prêts. Je ne
puis rendre le bonheur que nous éprou-
vions d'aller saluer ces lieux bénis et de
pouvoir offrir le saint sacrifice de la messe
à l'endroit même où l'auguste Reine des
Cieux avait posé ses pieds divins. Une
larme d'attendrissement s'échappait de ma
paupière. Je brûlais d'arriver ; j'aurais voulu
avoir des ailes. Je pensais à notre bonne
ville de Calais, à ses intrépides marins,
si souvent en péril, à toutes les personnes
qui s'étaient recommandées à mes prières,
aux membres de notre archiconfrérie de
la Salette, à ma famille et surtout à la
France. Que de graces, que de faveurs
j'avais à demander là-haut ! Dans les élans
de ma pieuse impatience, je répétais au

fond de mon âme l'hymne du pèlerin .

Vierge auguste, à ton nom, dans une âme troublée,
Souvent renaît la foi, l'espérance et l'amour.
L'orphelin te bénit, la veuve désolée
T'implore en soupirant près du noir mausolée,
 Quand vient la nuit, quand naît le jour.

Parmi les verts buissons, sous l'épine sauvage,
Ton image est propice au pieux pèlerin ;
Blanche étoile des mers, lorsque gronde l'orage,
Le navire perdu sur des flots sans rivage
 Te redemande un ciel serein.

La montagne de la Salette est élevée à deux mille mètres au-dessus du niveau de la mer, et, en partant de Corps, il faut deux heures au moins pour arriver au sommet. Bien qu'un grand nombre de pèlerins et même de dames courageuses fassent souvent cette ascension à pied, nous crûmes néanmoins qu'il serait plus prudent de nous servir de mulets, parce que nous étions à jeûn. Il est, du reste, inouï qu'aucune personne, même à jeûn, ait jamais défailli en chemin, ou se soit trouvée mal. Enfin l'heure du départ est arrivée. Les plus intrépides marchent en avant. Pour moi, je choisis la place des bagages, c'est-à-dire le milieu du bataillon. Mes compagnons, aguerris à ces sortes d'ascensions, traversent les endroits les plus dangereux sans la moindre inquiétude. Les torrents, les cascades, les précipices, rien ne les effraie. J'avoue que le vertige me prenait quelquefois. «Que dites-vous, me criaient-ils, de cette nature vigoureuse? voyez cette forêt de sapins sur ce pic élevé! admirez donc la majesté de ces montagnes! » Et moi, épouvanté des abîmes que j'avais sous les pieds, je me cramponnais à mon mulet. De temps en temps, nous étions arrêtés par les pèlerins, dont la foule encombrait la route, peu large en certains endroits. Les uns portaient leurs provisions de bouche, d'autres des cierges qu'ils allaient allumer sur les autels de Marie ; ceux-ci récitaient leur chapelet ; ceux-là s'entretenaient de l'Apparition, des prodiges dont ils avaient été ou les objets, ou simplement les témoins, et des faveurs que tous espéraient obtenir.

En arrivant au village de la Salette, je demandai qu'on voulût bien m'indiquer du doigt le hameau des Ablandins. Je me rappelais que Mélanie et Maximin y étaient en service lors de l'Apparition. En le voyant, je ne pus m'empêcher de verser quelques larmes. Ce hameau se trouve à dix minutes de l'église du village de la Salette [1], sur le versant gauche du chemin qui conduit au lieu honoré par la présence de l'auguste Marie.

NOUS TOUCHONS A LA MONTAGNE.

Nous avions marché pendant une heure et nous sortions du hameau des Ablandins, laissant le gros du village à notre droite, quand on nous signala une croix. Nous la saluâmes. Elle couronne le mont de l'Apparition et le fait distinguer de plusieurs autres, jetés à sa droite et à sa gauche. Ce symbole d'espérance ranime le pèlerin et

---

[1] Ce petit village est formé de huit à dix hameaux, à de petites distances les uns des autres, au pied des Alpes, qui s'élèvent derrière eux à des hauteurs prodigieuses. Le hameau principal, dans lequel se trouve l'église et qui donne son nom à la paroisse, n'a pas moins de 3,700 pieds d'élévation au-dessus du niveau de la mer. La population, qui se monte à 800 âmes, est généralement pauvre. On y remarque quelques petites fermes.

3

semble lui dire : « Courage ! tu seras bientôt au port ! » C'est bien ici, en effet,
qu'il ne faut pas perdre courage : quand
vous croyez n'être qu'à cinq minutes du
plateau, vous n'avez encore fait que la
moitié du chemin, et avant d'apercevoir
le nouveau sanctuaire, vous devez, pendant plus d'une heure, gravir péniblement
un sentier rude, escarpé, et qui n'a pas
plus de trois mètres de largeur. Si votre
pied glisse, ou si votre mulet trébuche,
vous roulerez dans des précipices dont l'œil
ne peut sonder la profondeur. Jusqu'à
présent, grace à Dieu, on n'a pas encore
eu d'accident à déplorer, et le chemin,
par les travaux qu'on y fait, devient meilleur de jour en jour.

NOUS SOMMES SUR LA MONTAGNE.

Enfin, le 18 septembre, à neuf heures
du matin, nous arrivions au plateau tant
désiré, où nous trouvions déjà réunies plusieurs milliers de personnes. Notre premier

soin fut d'aller rendre nos hommages à Notre-Dame de la Salette et la remercier de nous avoir conduits si heureusement sur sa sainte montagne. Ce devoir accompli, nous allâmes saluer M. le Supérieur et les Rév. Pères missionnaires, qui nous accueillirent comme des frères. Ces bons Pères, dans l'ardente charité qui les dévore, se multiplient pour prodiguer leurs soins aux pèlerins et leur faire oublier les fatigues du voyage. Ils ont à répondre de tous côtés à la fois; jamais ils ne donnent le moindre signe d'impatience. On s'empare, en quelque sorte, de leur domicile; ils ne s'en inquiètent pas; ils semblent vous dire : « Vous venez visiter votre Mère : soyez les bien-venus, vous êtes chez vous. »

INAUGURATION DU CHŒUR DE LA NOUVELLE ÉGLISE.

Le nouvel Evêque de Grenoble, Mgr Ginoulhiac, loin de rester étranger au fait de la Salette, comme quelques-uns ont bien voulu le prétendre, s'était fait un devoir de venir quelques semaines auparavant offrir ses hommages à **Notre-Dame de la Salette.** Il a posé lui-même la première pierre d'un petit oratoire qui va s'élever à l'endroit où la sainte Vierge a disparu. M. Rousselot, vicaire-général du diocèse, avait été chargé par Monseigneur de le remplacer dans la solennité du 19 septembre. Certes, ce fut un bien beau jour pour ce vaillant et noble défenseur de la céleste Apparition, que celui où il appela les bénédictions divines sur cet édifice, élevé par la piété des fidèles à la gloire de la Mère des miséricordes, et destiné à rappeler aux âges futurs ce fait merveilleux pour lequel, lui, le digne et vénérable M. Rousselot, eut à soutenir des luttes glorieuses, immortelles, mais souvent bien amères pour son cœur. Ceux qui connaissent M. Rousselot aiment à rendre justice à sa bonté d'âme, à son esprit conciliant, à sa douceur, à sa charité, à son amour pour la vérité, à sa science théologique et surtout à sa piété profonde. Mais la vérité a besoin de contradictions sur la terre ; et quand elle a été bien flagellée, bien torturée, bien crucifiée, elle convertit ses persécuteurs mêmes.

A dix heures et demie, j'eus le bonheur de célébrer les saints mystères dans ce sanctuaire auguste. Quelle faveur insigne ! Il me semblait que là je pouvais tout demander à Celle qui peut tout obtenir. Aussi mon *Memento* a-t-il été long et bien long. A Paris, j'avais regretté de n'avoir pu dire la sainte messe dans l'église de Notre-Dame-des-Victoires ; ici, je m'en trouvai bien dédommagé ; je la disais dans l'église de la sainte montagne ; elle me semblait encore plus près du ciel. *Altitudines montium ipse conspicit* [1].

[1] Psaume 94.

Un jour que M. de Géramb aidait les Pères de la Terre-Sainte à balayer l'église du Saint-Sépulcre, un jonc se détacha de son balai. Le pieux pèlerin le ramasse, et il se dit : « Si ce jonc pouvait devenir dans tes mains le sceptre de la terre, à condition que tu ne fusses pas à Jérusalem, que ferais-tu ?.... Et celui qui tient ma vie et mon être dans ses mains voyait la réponse de mon cœur.... »

De pareilles pensées viennent souvent surprendre agréablement l'âme du pèlerin de la Salette. Comme l'apôtre sur le Thabor, il s'écrie : « *Bonum est nos hic esse !* que nous sommes bien ici ! » A toutes les magnificences que son œil peut rencontrer, il préfère les splendeurs de la Salette, dont la brillante auréole se perd dans les cieux ! ! !

———✦———

PROCESSION. STATUE DE MARIE.

Vers trois heures après midi, **M.** le Supérieur, accompagné des **Rév.** Pères et des autres prêtres, se rendit, en habit de chœur, dans une petite chapelle provisoire, pour transporter processionnellement la statue de la sainte Vierge dans son nouveau sanctuaire. On doit cette magnifique statue à la reconnaissance de M. Rey de Garidel, de Marseille. Sa hauteur est de deux mètres environ ; elle porte sur la poitrine les instruments de la passion ; des larmes brillent dans ses yeux ; son attitude est celle d'une mère qui invite ses enfants à suivre ses avis pour éviter les châtiments qui les menacent ; elle porte le diadème royal ; sa robe ruisselle d'or et de pierreries. Quatre prêtres en surplis prirent ce précieux fardeau, puis la procession s'ébranla. On parcourut, en chantant les litanies de la sainte Vierge, les divers lieux de l'Apparition. La foule qui suivait se tenait dans un religieux silence. Plusieurs ne purent retenir leur émotion. Pendant ce temps-là, j'étais près de la miraculeuse fontaine [1]. Je priais et je contemplais. A la vue de la statue de Marie, qui fendait ces flots de peuple, je croyais voir l'Apparition elle-même. Là était Mélanie, ici Maximin; je suis à la place que la sainte Vierge occupait; c'est ici même qu'Elle a posé ses pieds célestes. J'ai devant moi le sentier sacré, je vois le lieu où elle a disparu!!... Oh! jamais, non jamais je n'oublierai ces heureux moments. J'ai beaucoup pleuré. Douces larmes! puissiez-vous être agréables à ma Mère et compter pour quelque chose parmi les vœux multipliés qu'on lui adresse pour conjurer les orages suspendus sur nos têtes coupables!

CHEMIN DE LA CROIX.

Ce n'était là, en quelque sorte, que la première des scènes émouvantes, auxquelles nous devions assister pendant

[1] Cette fontaine, auparavant intermittente et entièrement desséchée, coule sans cesse depuis l'événement.

notre trop court séjour à la Salette. A dix
heures du soir, voici la cloche qui nous
appelle. Elle annonce aux pèlerins que le
Chemin de la Croix va commencer. A
coup sûr, je n'assisterai plus de ma vie
à une cérémonie plus touchante. C'était le
jour de la fête de Notre-Dame des Sept-
Douleurs, et à dix heures du soir, nous
étions plus de quatre mille à chanter
l'hymne *O Crux ave*, que répétait au loin
l'écho des montagnes. Le chemin parcouru
par la sainte Vierge est marqué par quatorze petites croix de bois. M. le Supérieur, qui présidait la cérémonie, parla
à chaque station. Il suivait le sentier sur
lequel les larmes de la sainte Vierge
avaient coulé. Quel lieu plus propre à
l'inspiration ! Aussi son émotion était-
elle bien grande. Ses paroles laissèrent dans
les cœurs des traces ineffaçables. Je le demande, excepté le Chemin de la Croix
que les pèlerins font à Jérusalem, est-il,
dans le monde, un lieu qui rappelle aussi
bien que celui-ci les souvenirs de la
Passion ! !

CONFESSIONS. — MESSES. — ARRIVÉE DE NOUVEAUX PÈLERINS.

Il était minuit quand ces exercices se terminèrent. Vous allez peut-être croire qu'à une heure si avancée on songe à prendre du repos? Nullement, chacun veille aussi long-temps qu'il le peut. Minuit à la Salette, c'est l'heure des confessions et des messes! Les catacombes seules pouvaient offrir un spectacle plus touchant. Cinq à six mille personnes s'empressent de se réconcilier avec Dieu. Pendant ce temps-là, les messes commencent, quatre à la fois, pour ne se terminer qu'à midi. A deux heures du matin, deux mille personnes s'étaient déjà approchées de la sainte Table.

Vers quatre heures, de nouveaux pèlerins arrivèrent en foule, et ce fut pour moi un nouveau sujet d'émotion. J'avais accepté la généreuse hospitalité que M. le Supérieur m'avait offerte, et je prenais un peu de repos dans sa chambre, quand je m'éveillai au bruit d'un joyeux concert. C'étaient de nouveaux arrivants qui chantaient ce refrain si connu des heureux habitants de ces contrées :

> A la Salette,
> Mon cœur répète
> Ce doux refrain :
> Vierge si bonne,
> Sois la patronne
> Du pèlerin.

Je ne puis rendre ce que mon âme éprouva en entendant ces chants que la piété et la foi faisaient monter vers le trône de la Reine des Cieux, dans une circonstance si solennelle. Je me disais : « Oh ! si ceux qui doutent du fait de la Salette étaient ici, douteraient-ils encore ! »

ARRIVÉE D'UN CURÉ AVEC SA PAROISSE.

J'ai lu, dans les ouvrages de M. Rousselot, des détails bien édifiants sur la célébration du premier anniversaire. Je me rappelle ce tableau pittoresque de l'arrivée des prêtres avec leurs paroissiens ; il se renouvela sous nos yeux. Le 19 septembre, vers neuf heures du matin , le nombre des pèlerins s'était tellement accru que le plateau de la montagne en était couvert. Tout-à-coup on entendit de loin une clochette , puis des chants. Toute une paroisse arrivait, croix et bannière en tête , faisant retentir les airs du cantique de la Salette. Le pasteur conduisait ce troupeau docile. Avant de se mêler aux pèlerins, tous s'agenouillèrent derrière le chœur, et chantèrent d'une seule voix les litanies de la sainte Vierge.

GRAND'MESSE EN PLEIN AIR.

Tout annonçait que le septième anniversaire de la célèbre Apparition ne le céderait en rien à ses devanciers. Au dire de témoins oculaires , le premier anniversaire seul l'a emporté sur celui-ci par le nombre des pèlerins. Onze mille personnes au moins étaient accourues visiter ces lieux bénis. Cent vingt prêtres se pressaient autour du nouveau sanctuaire. Il en était

venu de Munich, de Milan, de la Vallée
d'Aoste, des diocèses de Paris, de Lyon,
d'Arras et de quinze autres diocèses de
France. A la vue de cette foule immense, on se serait cru au sein d'une cité
populeuse, et on se trouvait sur le sommet
d'une montagne aride, inhabitée, et à cinq
ou six mille pieds au-dessus du niveau de
la mer. Le chœur de la nouvelle église
ne pouvant contenir une si grande assemblée, la grand'messe dut être chantée en
plein air. Cette imposante cérémonie ne
peut être bien comprise qu'à l'aide d'une
courte description des lieux de l'Apparition
miraculeuse.

Le plateau de la montagne se forme
de trois mamelons dont les pieds viennent
aboutir par une pente douce à l'endroit
où la sainte Vierge s'est montrée aux heureux bergers. Ces mamelons sont séparés
par un petit ravin, de telle sorte que les
côtés aboutissants forment des amphi-
théâtres naturels. Sur le côté nord du ravin
fut dressé l'autel ; sur le côté sud la multitude prit place dans le recueillement le
plus profond. Vous n'aperceviez sur cette

montagne ni arbres ni arbrisseaux, rien
qui pût empêcher l'effet du spectacle religieux le plus sublime qu'il soit possible à
l'homme de contempler. Figurez-vous
d'un côté, un autel magnifiquement orné,
élevé au-dessus de cette fontaine miraculeuse, environné d'une couronne blanche
de cent vingt prêtres, à l'endroit même
où la sainte Vierge avait fait entendre ses
oracles ; de l'autre côté, toute une population de pèlerins pieux, recueillis, atten-
tifs, agenouillés, les yeux humides de
larmes, et dites-moi si vous pouvez ima-
giner une solennité plus émouvante. Oh !
combien ce spectacle invitait l'âme aux réflexions salutaires ! comme on était petit
sous la main de ce Dieu puissant dont on
sentait la présence ! Quelle est l'origine de
ce pèlerinage ? se demandait-on. D'où
vient ce concours de peuple réuni de tous
les pays d'alentour, et même des extrémités
les plus reculées de la France, malgré les
difficultés et les fatigues ?... Pourquoi ces
cérémonies religieuses dans des circonstances si extraordinaires ? Comment tout
cela a-t-il commencé ?...

Nous voyons, dans l'histoire du peuple de Dieu, que Josué, voulant faire renouveler l'alliance du peuple avec le Seigneur, plaça la nation entière sur les montagnes de Garizim et d'Hébal. Ces deux montagnes n'étaient séparées que par une petite vallée où les prêtres se placèrent avec l'arche d'alliance. C'est là que les tribus jurèrent fidélité au Seigneur. C'est au milieu de l'éclat et de la pompe de ces cérémonies que Josué fit descendre sur Israël les bénédictions célestes : image frappante de ce qui vient de se passer sar cette sainte montagne. Après l'Evangile, M. l'abbé Sibilat, missionnaire de la Salette, descendit le ravin, se plaça à côté de la fontaine, et là, entre le peuple et l'autel, il prononça un magnifique discours qui commençait par ces mots : « *Invenimus eam in campis... adorabimus in loco ubi steterunt pedes ejus. — Nous l'avons trouvée dans les champs... nous l'adorerons aux lieux qu'ont foulés ses pieds* [1]. »

La voix sonore de l'orateur arrivait facilement jusqu'aux extrémités de cet audi-

[1] Psaume 31.

toire immense. Qu'il était beau et éloquent cet homme de Dieu, quand il conjurait le Ciel de ne pas faire éclater sa colère sur notre chère patrie, de prendre en considération la ferveur de tant de pèlerins, leurs sacrifices, leurs fatigues, leurs privations, leurs larmes mêlées aux larmes de Celle qui heureusement reste toujours notre Mère.

Une particularité qui m'a beaucoup impressionné à la Salette, c'est le nombre de recommandations que M. le Supérieur a lues publiquement, et parmi lesquelles j'ai remarqué celle-ci. « Mgr l'Évêque de Poitiers se recommande lui et son troupeau aux prières des pèlerins de la Salette !! » Sont-ce ces prières qui ont ménagé aux pèlerins de sainte Theudosie d'Amiens le bonheur d'entendre l'illustre Évêque de Poitiers ?

NOTRE DÉPART

La fin de mon pèlerinage était arrivée. Ce ne fut pas sans un bien vif regret que vers deux heures après midi je quittai cette montagne chérie qui m'a fait verser de si douces larmes. Avant de partir, je voulus dire un dernier adieu à la fontaine merveilleuse, au petit sentier de la Vierge, et après avoir pris congé de Notre-Dame de la Salette au pied de sa statue, j'ai remercié les bons et généreux missionnaires dont je n'oublierai jamais la gracieuse hospitalité. Comme tous les pèlerins, j'emportais avec moi quelques parcelles de la Croix de l'Assomption, ainsi que des fleurs cueillies sur le bord du Sézia, fleurs que je conserve comme un trésor.

Fleur charmante, fleur précieuse,
J'aime ton calice embaumé
Et ta corolle gracieuse.
Mais quel est ton nom bien-aimé ?

Près de la Vierge elle est éclose.
Petite fleur, dis-moi tout bas :
N'es-tu pas le bouton de rose
Renaissant toujours sous ses pas ?

N'es-tu pas l'humble violette ?
L'aimez-moi, le lis du vallon ?
— Je suis la fleur de la Salette :
Voilà ma gloire, mon seul nom.

As-tu vu ma divine Mère?
Ses pleurs ont-ils coulé sur toi?
De ses pieds la trace légère,
L'apportérais-tu jusqu'à moi?. ..

De sa lumière éblouissante
As-tu reçu quelques reflets?
De sa vertu toute-puissante
As-tu compris les doux secrets?....

NOTRE RETOUR A GRENOBLE.

En entrant à Grenoble, nous apprîmes
une consolante nouvelle. Une guérison
miraculeuse venait de s'y opérer. C'est le
19 septembre même, pendant que nous
étions à prier sur la montagne, que la
sainte Vierge accordait cette faveur,
comme pour nous dire à notre retour :
« Voyez, j'ai récompensé votre foi. »

Une jeune personne de quinze ans,
placée à l'orphelinat de Grenoble, était
depuis deux ans atteinte d'une aphonie.
Pour obtenir sa guérison, les bonnes religieuses avaient entrepris une neuvaine.
Deux d'entr'elles étaient parties comme

4

ambassadrices à la Salette; elles firent le voyage avec nous. Leurs prières furent si bien exaucées que, pendant la sainte messe, la voix de la jeune malade lui fut rendue, et elle se mit à chanter des cantiques d'actions de grâces, avec ses compagnes. Je tiens de M. le président des administrateurs de cet établissement de charité, que cette enfant était malade depuis deux ans et qu'elle fut instantanément guérie. L'orphelinat se trouve près de la cathédrale de Grenoble. J'ai été visiter la jeune fille, objet de ce miracle. Elle m'a raconté elle-même sa maladie et les touchants détails de sa guérison. Puisse cette nouvelle merveille, arrivée au milieu de Grenoble, ouvrir les yeux à ceux qui doutent encore!

MÉLANIE ET MAXIMIN.

Je dois maintenant satisfaire l'impatiente curiosité du lecteur touchant les deux témoins de l'Apparition. Aller à la Salette et ne pas voir Mélanie et Maximin, ce

serait un voyage incomplet. Il manque-
rait au tableau un de ses côtés les plus
attrayants. Aussi me suis-je empressé de
demander à voir ces deux intéressants per-
sonnages, et je témoigne ici ma vive reconnaissance à mes bons confrères qui
m'ont procuré cette faveur.

J'ai donc vu Mélanie et Maximin. Je
me suis entretenu très-longuement avec
eux. De ces entrevues il m'est resté la conviction la plus intime de la sincérité de
ces bergers de la Salette, qui ont aujour-
huit, l'une vingt-deux ans, l'autre dix-
huit. Ont-ils été trompés? Lisez les ouvrages si clairs, si méthodiques de M.
Rousselot, et vous serez convaincu du
contraire. Comment, en effet, l'auraient-
ils été? J'ai dit que dans l'endroit de l'Apparition, il n'y a ni arbres, ni buissons, ni
quoi que ce soit qui puisse favoriser une
apparition combinée. On a prétendu que
c'était une demoiselle Lamarlière qui avait
joué ce rôle. Cette personne, qui habite à
plus de 120 kilomètres de Corps, a donné
immédiatement à cette allégation un dé-
menti formel, et a prouvé que ce jour-là

elle était à 180 kilomètres de la Salette [1].

D'ailleurs, conçoit-on qu'il puisse venir à l'idée de n'importe quelle personne, si exaltée qu'elle soit, d'arranger un stratagème au moyen duquel elle tomberait comme une bombe sur une montagne déserte, presque inaccessible, pour révéler à deux pauvres petits pâtres, qui savent à peine s'exprimer, des vérités qu'ils doivent *retenir, pour les publier tout de suite sans se tromper d'un seul mot, ni se contredire dans la moindre circonstance!* Voilà cependant ce qui est arrivé à la Salette.

[1] Elle tient toujours le même langage. Voici ce qu'on écrit de Grenoble à la date du 19 décembre 1853.

« Mlle de Lamarlière est depuis trois semaines à Grenoble. Elle donne à tous ceux qui veulent l'entendre des démentis aux absurdes allégations des opposants. Les personnes qui se sont laissé égarer par de telles faussetés, peuvent donc reconnaître qu'on s'est joué d'elles. Mlle de Lamarlière s'offre à prouver son *alibi* en septembre 1846; elle ne sait pas le patois de Corps; elle ne connaissait ni la montagne ni les bergers. Comment en un quart-d'heure a-t-elle appris aux deux bergers, comment a-t-elle gravé dans leur mémoire ingrate le long discours qu'ils ont récité imperturbablement, ce jour-là et les jours suivants, à des milliers de scrutateurs habiles; comment les a-t-elle prémunis contre les difficultés sans nombre qui leur ont été faites depuis? « Si c'est elle qui nous a trompés, dit Maximin, je lui demanderai de répéter le secret qu'elle nous a donné et qu'on a porté à Rome. »

Conçoit-on mieux qu'on se soit adressé à deux enfants de quatorze et de onze ans [1], pour leur confier des secrets qu'ils devront garder *invariablement* et les charger d'annoncer des fléaux qui, s'ils n'arrivent pas, feront découvrir la supercherie ! Au nombre de ces fléaux, se trouve la maladie des raisins. Les prophètes l'avaient déjà rangée parmi les fléaux de Dieu : « *Depopulata est regio, luxit humus, quoniam devastatum est triticum,* CONFUSUM EST VINUM, *elanguit oleum. Confusi sunt agricolæ ; ululaverunt vinitores...* » *La campagne est désolée, la terre est dans les larmes, parce que le blé est détruit,* LE FRUIT DE LA VIGNE EST PERDU, *l'olivier languit. Les laboureurs sont confondus, les vignerons poussent des cris lamentables* [2]....

CORENC [3]. — MA VISITE A MÉLANIE.

Mélanie était novice dans la maison

---

[1] Mélanie Mathieu est née à Corps le 7 novembre 1831 ; Maximin Giraud est aussi né à Corps le 27 août 1835.

[2] Joël. ch. 1, v. 17-11.

[3] Corenc est un magnifique village, bâti sous les rochers

mère des Religieuses de la Providence. Je
proposai, — c'était, je crois, le 15 septembre, — à M. l'abbé Die, chanoine de
Grenoble et aumônier des Dames du Sacré-
Cœur à Mont-Fleury, de m'introduire
près de Mélanie. M. Gérente, aussi chanoine de Grenoble et aumônier de la Providence, voulut bien nous remettre une
lettre pour Mme la Supérieure. Nous partî-
mes de Grenoble vers quatre heures après
midi. Un jeune vicaire de la cathédrale de
Blois, mon compagnon de voyage depuis
Lyon, nous accompagna. Je ne puis
rendre l'impression que j'éprouvais, chemin
faisant, à la pensée que j'allais voir cette
enfant privilégiée, dépositaire d'un secret
que lui avait confié la Reine des Cieux, et
que les rois de la terre seraient jaloux de
connaître. A cinq minutes de la communauté, nous entendîmes des chants. Les

du mont Saint-Eynard. Il n'est éloigné de Grenoble que de
4 kilomètres. On y remarque de belles maisons de campagne, de riches prairies, des vignes sur les côteaux. Il
domine la vallée de Graisivaudan, que l'Isère baigne de ses
eaux argentées. A peu de distance de cette rivière s'élèvent
de hautes montagnes dont les sommets sont arides, couverts
de neiges éternelles. La route de Grenoble à Chambéry passe
très-près du couvent où se trouve Mélanie.

religieuses promenaient alors leurs élèves,
et les exerçaient à chanter des cantiques,
sans doute à la gloire de Marie. « Voyez-
vous, me dit l'aumônier du Sacré-Cœur,
cette religieuse qui porte un voile blanc?
c'est la jeune bergère de la Salette. » Nous
atteignîmes bientôt la tête du religieux
cortége ; mais en passant devant Mélanie,
je n'osai pas la regarder : j'étais trop ému
d'un sentiment de crainte et de religieux
respect.

Quand elle voit arriver des étrangers dans
la communauté, son premier sentiment
est de se cacher pour éviter les regards,
car, loin de tirer vanité de sa position toute
exceptionnelle, elle consentirait volontiers
à être oubliée du monde. Nous attendîmes
mes dix minutes au parloir ; et ce temps
nous parut bien long. Enfin, Mme l'assis-
tante nous amena cette jeune fille. Après
lui avoir dit le motif de mon voyage, la
foi qu'on ajoutait dans nos contrées au fait
de la Salette, le nombre si grand des asso-
ciés à l'Archiconfrérie et le bonheur que
j'éprouvais de pouvoir m'entretenir quelques instants avec elle du grand évènement

qui nous occupe , je la priai de nous faire le récit de ce qu'elle avait vu et entendu sur la sainte montagne , le **19** septembre 1846, et de nous dire les circonstances qui s'y rattachent. Elle s'y prêta immédiatement avec une extrême obligeance , et commença ainsi :

« J'étais à garder mes vaches avec Maximin, le **19** septembre 1846. Nous nous plaçâmes près d'un ruisseau nommé le Sézia , pour prendre notre dîner ; nous nous y endormîmes ; à notre réveil, nous cherchâmes après nos vaches, et pour mieux voir où elles étaient, nous montâmes sur un plateau. C'est de là que nous avons vu, à la place que nous venions de quitter , une clarté qui nous fit peur. Nous aperçûmes une dame dans cette clarté. Je laissai tomber mon bâton. Maximin me dit : *Ramasse ton bâton , car si elle nous fait quelque chose , je lui en donnerai un bon coup.* Cette dame était assise sur une pierre, les pieds posés dans le lit desséché de la fontaine ; elle pleurait. Elle nous adressa la parole en disant : « *Approchez , mes enfants, n'ayez pas peur, je suis venue*

*ici pour vous annoncer une grande nou-
velle.* » Alors elle se leva, fit deux pas en
avant, croisa les bras et nous dit toujours
en pleurant :

DISCOURS DE LA SAINTE VIERGE.

« Si mon peuple ne veut pas se soumettre, je suis
forcée de laisser aller la main de mon Fils.

» Elle est si forte, si pesante, que je ne puis plus la
retenir.

» Depuis le temps que je souffre pour vous autres !
Si je veux que mon Fils ne vous abandonne pas, je suis
chargée de le prier sans cesse.

» Et pour vous autres, vous n'en faites pas cas.

» Vous aurez beau prier, beau faire, jamais vous ne
pourrez récompenser la peine que j'ai prise pour vous
autres.

» *Je vous ai donné six jours pour travailler ; je me
suis réservé le septième ; on ne veut pas me l'accorder :
c'est ça qui appesantit tant le bras de mon Fils.*

» Ceux qui mènent les charrettes ne savent pas *jurer*
sans y mettre le nom de mon Fils.

» Si la récolte se gâte, ce n'est rien qu'à cause de
vous autres.

» Je vous l'ai fait voir l'année passée par les pommes
de terre : vous n'en avez pas fait cas. Au contraire,
quand vous en trouviez de gâtées, vous juriez et vous
mettiez le nom de mon Fils. Elles vont continuer à
pourrir, et cette année, pour *la Noël,* il n'y en aura
plus. »

La *Dame,* s'étant aperçue que je ne comprenais pas,
a dit :

« Ah ! mes enfants, vous ne comprenez pas le français : je vais parler en patois. »

5

TRADUCTION.

« Si les pommes de terre se gâtent, ce n'est rien que pour vous autres. Je vous l'ai fait voir l'an passé : vous n'avez pas voulu en faire cas. Au contraire, quand vous trouviez des pommes de terre gâtées, vous juriez en mettant le nom de mon Fils au milieu. Elles vont continuer *que*, cette année, pour *la Noël*, il n'y en aura plus.

» Que celui qui a du blé ne le sème pas : les bêtes le mangeront.

» Ce qui viendra tombera en poussière quand vous le battrez.

» Il viendra une grande famine. Avant que la famine vienne, les enfants au-dessous de sept ans prendront un tremblement et mourront entre les mains des personnes qui les tiendront.

» Les autres feront pénitence par la faim.

» Les raisins pourriront, et les noix deviendront mauvaises.

» S'ils se convertissent, les pierres et les rochers se changeront en montagnes de blé ; les pommes de terre seront ensemencées par les terres.

» — Faites-vous bien vos prières, mes enfants ? — Pas guère, Madame, *Maximin a répondu*. La Dame a repris : — Ah! mes enfants! il faut bien les faire, soir et matin. Quand vous n'avez pas le temps, il faut dire seulement un *Pater* et un *Ave Maria ;* et, quand vous aurez le temps, en dire davantage.

» Il ne va que quelques femmes âgées à la messe. Les autres travaillent le Dimanche tout l'été ; et l'hiver, quand ils ne savent que faire, les garçons ne vont à la messe que pour se moquer de la religion.

» Le Carême, on va à la boucherie comme des chiens [1].

[1] Nous faisons remarquer que Notre-Seigneur, en parlant

» N'avez-vous pas vu du blé gâté, mon petit? — Oh ! non, Madame, *Maximin a dit*, je n'en ai jamais vu. — Mon enfant, vous devez bien en avoir vu une fois, vers la terre du *Coin*, avec votre père.

» Le maître de la pièce dit à votre père : *Venez voir mon blé gâté.* Vous y êtes allés tous les deux; votre père prit deux ou trois épis de blé dans sa main, les froissa, et tout tomba en poussière. En vous en retournant, quand vous n'étiez plus qu'à *demi-heure* de Corps, votre père vous donna un morceau de pain en vous disant : — Tiens, mon petit, mange encore du pain cette année ; je ne sais pas qui en mangera l'année prochaine, si le blé continue encore comme ça. — Oh ! oui, Madame, je m'en souviens à présent; tout-à-l'heure *je m'en* souvenais pas. Après cela, la Dame nous a dit :

« Eh bien ! mes enfants, vous le ferez *passer à mon peuple*. »

Elle a passé le ruisseau, et nous a dit une seconde fois :

« Eh bien, mes enfants, vous le *ferez passer à mon peuple*. »

Puis elle est montée une quinzaine de pas jusqu'à l'endroit où nous étions allés pour regarder nos vaches. Elle ne touchait pas l'herbe ; Elle marchait à la cime de l'herbe. Et puis cette belle Dame s'est enlevée, et Elle a regardé le ciel, puis la terre. Elle est restée suspendue en l'air un moment, et puis Elle a disparu. Il *a resté* quelque temps une grande clarté en l'air, et après la clarté a *disparu* [1].

La sainte Vierge a donc parlé d'abord

à la Chananéenne, se sert de la même expression : « Il n'est pas convenable de prendre le pain des enfants et de le jeter aux chiens. »

[1] Voir dans *la Vérité sur l'Evènement de la Salette*, par M. Rousselot, objections, réfutations, page 202.

en français, puis en patois. La raison en
est bien frappante. Elle voulait par là
donner une preuve évidente du prodige.
N'est-il pas, en effet, prodigieux que ces
enfants récitent en français une longue
histoire, quand il est certain qu'ils ne doivent pas comprendre un mot de ce qu'ils
disent? « *Elle me l'a dit une seule fois, et
j'ai parfaitement tout retenu;* » c'est Mélanie qui parle ainsi... puis elle ajoute :
« *quoique je ne comprenais pas moi-même.* »

MES INTERROGATIONS. — SES RÉPONSES.

D. Comment était-elle vêtue ?

R. Elle avait des souliers blancs avec
des roses autour de ses souliers ; il y en
avait de toutes les couleurs ; des bas jaunes,
un tablier jaune, une robe blanche avec
des perles partout ; un fichu blanc, des
roses autour, un bonnet haut, un peu
courbé en avant ; une couronne autour de
son bonnet, avec des roses ; elle avait une

chaîne très-petite qui tenait une croix avec son Christ; à droite étaient les tenailles, à gauche un marteau; aux extrémités de la croix, une autre grande chaîne tombait comme les roses autour de son fichu. Elle avait la figure blanche et allongée; je ne pouvais pas la *fixer* bien long-temps, elle nous éblouissait.

D. Le jour de l'Apparition, combien aviez-vous de vaches à garder?

R. Quatre, monsieur. — Et Maximin? R. Quatre aussi.

D. Quel était l'éclat de la lumière qui environnait la Dame?

R. Plus fort de beaucoup que celui du soleil. Le soleil alors ne me paraissait plus que comme de l'ombre[1].

D. Quel était le son de la voix de la Dame?

R. Sa voix était douce, suave, sonore, selon les moments. Les sons de sa voix ressemblaient à de la musique; ils frappaient mes sens d'une manière que je ne puis définir; ils arrivaient comme par ca-

[1] Voyez note A, à la fin du volume.

dence, et les mots se fixaient de suite dans ma mémoire.

D. Les chiens ont-ils aboyé?

R. Non; et cependant le chien de Maximin était si vigilant et si craintif, qu'une feuille qui s'envolait, poussée par le vent, le faisait aboyer.

D. Y avait-il là d'autres bergers qui pouvaient à distance voir l'évènement?

R. Oui; je ne sais pas comment il se fait qu'ils ne l'aient pas vu.

D. Les raisins ne sont-ils pas, cette année, moins gâtés que l'an passé?

R. Non, monsieur.

D. Ne pensez-vous pas que l'état de la France soit maintenant meilleur et que Dieu soit plus satisfait de nous?

R. *Elle lève les yeux au ciel avec douleur, et répond :* Je ne pense pas, monsieur.

Je n'ai pas voulu retenir plus long-temps Mélanie; je savais qu'elle allait entrer en retraite pour se disposer à prononcer ses vœux solennels quelques jours après. On sait que les personnes qui se consacrent à Dieu dans la vie religieuse reçoivent un nouveau nom en prenant l'habit de leur ordre. Celui de la jeune Mélanie Mathieu se trouvait écrit dans l'évènement de la Salette. Elle s'appelle *Sœur Marie de la Croix*.

En sortant de cet entretien, je croyais avoir vu une sainte. Elle ne soupçonne pas l'admiration qu'elle inspire surtout à ceux qui ont le bonheur de l'approcher. Rien dans le monde ne la touche plus. Ses soupirs semblent dire : « O mon Dieu, quand me délivrerez-vous de cette enveloppe terrestre pour me réunir à Celle que j'ai vue sur la montagne ! » On lui a entendu dire quelquefois qu'elle désirait mourir, « parce qne, maintenant, elle ne trouve plus rien de beau sur la terre. »

J'affirme que Mélanie n'a jamais hésité un seul instant à répondre à mes questions. Sa réponse part comme l'éclair, et brille comme la vérité. Mélanie sait qu'il y a encore un autre témoin, Maximin, que l'on consultera sans doute et à qui on adressera les mêmes questions. Tout cela ne la préoccupe point. Elle est sûre de ce qu'elle dit. Je le demande à tout homme de bonne foi, n'est-ce pas là le cachet de

la vérité? Le récit qu'elle m'a fait de l'évè-
nemen est exactement le même qui se
trouve dans le rapport du juge-de-paix de
Corps (22 mai 1847); or, quand je
viens à penser que ces enfants, qui ne
connaissaient pas le français, ont répété
tout cela sans varier d'un seul mot dès
le soir même de l'Apparition, puis–je l'expliquer autrement que par un prodige?
J'aurais besoin d'un long temps pour fixer
dans ma mémoire le cadre de cette histoire, et le plus habile serait peut-être forcé
de faire le même aveu.

MAXIMIN.

Le lendemain de mon retour de la
Salette, la Providence me servit admi-
rablement : en passant sur la place de
la cathédrale de Grenoble, je rencontrai
M. l'abbé Auvergne, chanoine et secré-
taire-général de l'évêché : Où allez-vous
donc? me dit-il. — A Sessins, voir Maxi-

min[1]. — Maximin vient d'arriver à Grenoble, il dîne chez moi. Je suis heureux de vous procurer l'occasion de le rencontrer, je vous attends à dîner. » J'acceptai, en remerciant M. Auvergne de cette bonne fortune. Je me rendis chez mon honorable hôte à une heure. Maximin y était, ainsi que M. le curé de Sessins. J'ai donc pu le voir tout à mon aise et lui faire toutes les questions et objections possibles. Je fus, au reste, bien appuyé par M. Auvergne et M. le curé de Sessins, dont les questions insidieuses lui donnèrent souvent l'occasion de montrer cette franchise de caractère qui est comme le fond de son être.

Maximin est d'une bonne taille pour son âge, d'une constitution assez robuste. Il a des yeux saillants; sa parole est brève, mais ses gestes sentent un peu trop *le sans-façon*. Il serait devant le pape ou l'empereur, qu'il ne broncherait pas. Quand il se trouve au milieu d'un cercle

---

[1] Maximin est au petit séminaire de Grenoble. Il vient de faire sa 5e; il passait, cette année, ses vacances chez M. le curé de Sessins.

d'interlocuteurs, il répond les yeux toujours fixés sur sa casquette, qu'il fait tourner dans ses mains, exactement comme
il faisait devant la sainte Vierge. Ses idées
ne sont pas encore bien arrêtées sur l'état
qu'il embrassera. Sans avoir de grandes
dispositions pour l'étude, il n'est pas dépourvu de talents, et le dernier examen
qu'il a subi lui a été très-favorable. Le
R. P. Edmond, de la grande chartreuse,
qui connaît ce jeune homme, m'a dit :
« Maximin sera toujours un bon chrétien,
je ne serais pas étonné qu'il embrassât
la carrière militaire. » J'ai cru, en effet, reconnaître aussi en lui certains goûts pour
cet état ; mais il y met un peu d'ambition ;
il ne veut pas être *simple soldat*. Je dois
dire que, à part ses allures délibérées et
sans gêne, Maximin est un bon enfant.
Il a de la foi, un cœur généreux, et, ce
qui n'est pas ordinaire dans la jeunesse,
il accueille avec reconnaissance les avis
qu'on veut bien lui donner dans son intérêt.

J'ai quelquefois entendu des personnes
douter du fait de la Salette, à cause de

Maximin, sur le compte duquel on met les choses les plus étranges. On se plaint de son caractère, de ses manières, de son étourderie. On voudrait qu'il fût un mystique! Il me semble, au contraire, que ces défauts parlent en faveur du fait. Ignore-t-on donc que cet enfant de 11 ans avec son étourderie, ses espiègleries, son amour insatiable du jeu, a vaincu M. Dupanloup, qui, pour avoir son secret, avait été jusqu'à lui offrir 2,000 fr. en or et une existence assurée pour toute sa vie [1]. Aujourd'hui encore, on voudrait que ce jeune homme de 18 ans fût parfait et en quelque sorte impeccable, quand Dieu n'a promis l'impeccabilité à personne, pas même au chef de son Eglise. Ne soyons pas si exigeants envers cet enfant privilégié. Demandons seulement qu'il n'oublie jamais la faveur qu'il a reçue, et qu'il ne s'en prévale pas. Si nous écoutons son récit sans prévention, la vérité jaillira pour nous du sein même de ce caractère léger mais franc qui a l'air de vous dire : *Voilà*

[1] En 1848. Mgr Dupanloup est aujourd'hui évêque d'Orléans. — Voyez note B, à la fin du volume.

la vérité, si vous n'y croyez pas, c'est votre affaire. Je suis chargé de vous le dire et pas de vous le faire croire.

Si ces enfants eussent été des prodiges de science et de sagesse, on les aurait accusés d'enthousiasme religieux ; parce qu'ils sont ignorants et grossiers, on a le courage de les accuser d'avoir inventé leurs rôles.

J'affirme que, dans toutes ses réponses, Maximin est exactement conforme à Mélanie. On ne remarque pas la moindre variante, et il répond avec un aplomb et une promptitude qui vous étonnent. J'ai constaté, ce qui du reste avait déjà été remarqué, que Maximin n'a pas de sympathie pour Mélanie. Leur récit n'a donc pas été concerté. Et comment auraient-ils pu s'entendre, quand ils ne savaient pas même parler français ! Comment auraient-ils pu *d'eux-mêmes* se servir d'expressions bibliques, quand ils savaient à peine faire leur signe de croix !

D'ailleurs, ces deux enfants ne s'étaient vus que deux ou trois fois avant l'Apparition du 19 septembre 1846, et dès le lendemain, Maximin fut ramené à Corps par son père ; Mélanie resta seule à la Salette ; et nonobstant cette séparation, l'un disait à Corps ce que l'autre disait à la Salette, sans que personne ait jamais pu les surprendre en contradiction sur la moindre particularité du fait.

MES QUESTIONS. — SES RÉPONSES.

D. Combien aviez-vous de vaches à garder le jour de l'Apparition ?

R. Quatre, Monsieur.

D. Et Mélanie ?

R. Autant.

Ici je voulus embarrasser Maximin.

D. D'après Mélanie, votre chien aurait fait un fameux tapage lors de l'Apparition ?

R. Si elle vous a dit cela, c'est une menteuse.

D. Il ne faut pas, Maximin, vous fâcher contre Mélanie ; si vous saviez comme elle est bonne....

R. Maintenant, c'est possible. Mais [1]!....

D. Mon enfant, calmez-vous, c'est pour plaisanter que je vous ai dit cela. Mélanie, au contraire, m'a dit positivement que votre chien dormait, bien qu'il fût d'ordinaire très-vigilant.

R. Je le crois bien, qu'il dormait. Il n'a pas même levé une patte.

D. Comment expliquez-vous le sommeil de votre chien? car, enfin, cette conversation avec la Dame a duré assez longtemps; et puis, vous avez changé de place?

R. C'est que les chiens ne doivent pas voir la sainte Vierge.

D. Avez-vous cru que c'était la sainte Vierge?

---

[1] On sera peut-être étonné du peu de sympathie de Maximin à l'égard de Mélanie; ne pourrait-on pas en trouver l'explication dans ce petit incident arrivé chez les Religieuses de Corps, quelque temps après l'Apparition. La Supérieure grondait Maximin de ce qu'il mettait étourdiment ses pieds dans la cendre du foyer, devant lequel on était assis. « Comment voulez-vous qu'il en soit autrement, répartit Mélanie, Maximin faisait bien rouler des cailloux avec son bâton jusque sur les pieds de la sainte Vierge. » On remarqua que ces mots humilièrent Maximin. M. Rousselot, dans son 1er vol. p. 217, dit : « Maximin ôtait et remettait son chapeau, le faisait tourner sur son bâton, et du pied faisait rouler des cailloux. Maximin l'avoue. Mélanie le dit aussi.... »

R. J'ai pensé que c'était une sorcière.

D. Et Mélanie?

R. Que c'était la Vierge de son père.

D. Avez-vous vu la figure de la sainte Vierge?

R. Non, j'étais ébloui.

D. Vous avez bien entendu sa voix?

R. Certainement.

D. Etait-elle belle?

R. Si belle, voyez-vous, que toutes les musiques du monde, les orgues dans les églises, et toutes les symphonies possibles, m'ont déplu pendant long-temps. Je n'entendrai plus jamais rien de si beau.

D. Les paroles de la Dame, comment les reteniez-vous?

R. Il nous semblait que nous les mangions.

D. Racontez-nous ce qu'elle vous a dit.

Maximin fait le récit en français et en patois exactement comme Mélanie [1].

D. Quand elle eut fini, qu'arriva-t-il?

R. Elle nous quitta. Elle passa le ravin. Elle monta le petit sentier opposé; puis, arrivée en haut, elle disparut.

[1] Voir le discours, page 49.

D. La suiviez-vous alors ?

R. Nous la suivions, mais au milieu du sentier Mélanie a passé par-devant.

D. De quelle manière a-t-elle disparu ?

R. D'abord la tête, puis le milieu du corps, puis le reste.

D. Mélanie n'a-t-elle pas essayé de prendre une rose des souliers de la sainte Vierge ?

R. Ce n'est pas elle, c'est moi. Quand j'ai vu qu'elle disparaissait tout de bon, j'ai fait un grand saut pour empoigner une rose, et je n'ai pas pu.

D. Etaient-ce des roses ?

R. Ça nous paraissait ainsi, mais ce n'en était pas.

Ici Maximin s'efforce de nous faire comprendre le prodige.

« Quand, dit-il, vous regardez le soleil, vous voyez les rayons qui dardent et s'épanouissent ; c'était la même chose. Alors, des rayons de toutes les couleurs jaillissaient, s'épanouissaient et prenaient la forme de roses. »

M. Auvergne, prenant la parole, lui dit : « Maximin, sois sincère, n'est-ce pas que c'est M. Melin, curé de Corps, qui a forgé cette histoire, et vous l'a apprise par cœur ?

R. Pourquoi voulez-vous que M. Melin nous ait appris ça ?

D. Pour vendre de l'eau. On dit qu'il en envoie chaque jour considérablement, et qu'il a réalisé des bénéfices énormes.

R. Ah ! on veut donc que M. Melin donne tout cela pour rien. Est-ce que la bouteille ne lui coûte pas ? n'est-il pas obligé de payer des hommes qui vont sur la montagne chercher cette eau ? puis il a à fournir la caisse et à faire des frais d'emballage. Est-ce que tout cela ne coûte rien ? M. Melin ne retire que ses frais, et c'est bien juste.

D. Maximin, tu n'as pas toujours l'air de bonne humeur. On se plaint que tu rudoies un peu ton monde quelquefois : prends-y garde, ça pourrait nuire à tes dépositions.

R. Quand on me demande le fait de la Salette, je suis toujours prêt à le dire, et avec plaisir. Mais on me fait souvent des questions insignifiantes ou importunes qui m'ennuient.

6

D. Importunes! sur ton secret, n'est-ce pas?

R. Oui.... Et puis quand j'ai dit tout ce que je sais et tout ce que je puis dire, on ne se contente pas de cela, on est toujours sur mes pas, on me suit comme une bête curieuse. Voilà surtout ce qui m'est le plus désagréable. »

Je lui demandai : « Maximin, à quel endroit du discours la Dame vous a-t-elle donné ce secret?

R. Après ces mots : *Les raisins pourriront.* Là, cette Dame me dit quelque chose en français, en ajoutant : tu ne diras pas ça, ni ça, ni ça....

SECRET DES ENFANTS.

Ils ont reçu chacun un secret. A moins d'être aveuglé par les préventions, il est impossible d'en douter. S'ils n'avaient pas de secrets à garder, comment expliquer leur conduite? Ils sont jeunes, ineptes, pauvres; et voilà qu'ils résistent, avec un courage héroïque, aux sollicitations, aux promesses, aux menaces, et même à l'or qu'on fait briller à leurs yeux! qui donc a pu ainsi transformer ces enfants et en faire des êtres supérieurs et invincibles?

Le souverain Pontife, on le sait, témoigna le désir de connaître ces secrets. Ce désir dut nécessairement être regardé comme un ordre par Mgr l'Evêque de Grenoble, qui fit sonder les dispositions des deux bergers. Ceux-ci résistèrent longtemps, et ne se rendirent qu'à la voix du devoir et de l'obéissance.

J'allais partir de Grenoble lorsqu'un hasard, dont je n'ai qu'à me féliciter, me fit rencontrer M. de Taxis, un des prêtres les plus recommandables du diocèse, chanoine titulaire. Je savais qu'il avait été un des témoins chargés par Monseigneur de recevoir les secrets des enfants de la Salette. Je me permis de l'interroger. « On eut beaucoup de mal, me dit-il, à obtenir ces secrets, surtout de la part de Mélanie, qui a pleuré pendant vingt-quatre heures, avant de se résigner à confier ce dépôt. Maximin a été plus facile à abattre. Avec le caractère délibéré qu'on lui connaît, il avait l'air de dire : « Eh bien ! *puisqu'on l'exige*, je le donnerai ce secret, et j'en serai débarrassé. »

» Dès que les enfants furent décidés à donner leurs secrets au Pape, on les réunit dans une même pièce, et là, sur des tables séparées, et en notre présence, ils se mirent à l'œuvre. D'abord Maximin se prit pendant cinq minutes la tête entre les mains, dans l'attitude de la réflexion, puis il commença à écrire. Mais il le faisait avec une telle promptitude que son écriture n'était pas lisible. Je lui représentai qu'il ne conviendrait pas d'envoyer au Chef de l'Eglise une aussi vilaine page, et j'en réglai une autre qu'il a fort bien écrite. Quant à Mélanie, nous n'avons eu aucune observation à lui faire. Elle nous a demandé l'orthographe DE TROIS MOTS. Quand l'ouvrage fut terminé, les enfants nous remirent leurs secrets, qu'ils enveloppèrent et cachetèrent eux-mêmes, et une commission les porta au saint Père. »

Voilà ce que je tiens de l'honorable M. de Taxis. Je le prie de me pardonner

de rendre publique notre conversation?
Nous avons tous deux le même but, la
glorification de Marie et le triomphe de
la vérité.

Les enfants ont donc chacun un secret.
S'il en était autrement, les témoins chargés
de les recevoir auraient remarqué en eux
de l'hésitation, du trouble, de l'embarras.
Mais non, la seule peine qu'ils ressentaient,
c'était d'être obligés d'ouvrir leur cœur
que la sainte Vierge avait elle-même fermé.
Maximin mit tant de précision dans sa
déposition qu'il la partagea en sept alinéa.

Quant à la scrupuleuse exactitude de
Mélanie, la circonstance suivante la fera
apprécier. Quelques heures s'étaient écou-
lées, la commission avait rempli sa mission, les secrets cachetés étaient déjà entre
les mains de Mgr de Grenoble. Tout-à-coup
on voit revenir Mélanie, elle paraissait
dans une grande perplexité. « Qu'avez-
vous, mon enfant? lui dit le vénérable
Mgr de Bruillard. — Monseigneur, j'ai
oublié quelque chose dans mon secret. —
Eh bien, mon enfant, on va vous le remettre. » Et Mélanie fut tranquille... On

a su depuis qu'elle avait oublié deux dates, différentes pour des évènements qui ne doivent pas arriver à la même époque. Non, les secrets que ces pauvres enfants avaient si soigneusement gardés pendant cinq ans, malgré les assauts qu'ils ont eus à supporter de la part de tant de curieux interrogateurs, ne pouvaient pas être une fiction.

LE PAPE CROIT AU FAIT DE LA SALETTE.

Un ecclésiastique venu comme nous, cette année, au pèlerinage de la Salette, nous disait : « Mon frère, qui est prêtre aussi, revient de Rome, où il était depuis six mois. Pendant son séjour dans la ville éternelle, il eut le bonheur de voir très-souvent le souverain Pontife. Chaque fois Pie IX parla du diocèse de Grenoble d'une manière affectueuse. « Oh! l'heureux diocèse, disait-il, qui a été favorisé de l'Apparition de la Reine des cieux ! »

Oui, Pie IX croit au prodige de la Salette, et les secrets des enfants ne sont pas le moindre de ses soucis. C'est en vue de conjurer les orages que le saint Père a commandé un jubilé universel, et c'est pour cela encore que chaque jour il ordonne des neuvaines et des prières publiques à Rome et ailleurs.

Oui, Pie ix croit fermement à ce prodige : n'a-t-il pas tout récemment accordé de nombreuses indulgences à l'Archiconfrérie de Notre-Dame Réconciliatrice de la Salette [1] ? Mgr de Bruillard a porté sur ce

[1] Un rescrit, de Rome, du 24 août 1852, déclare privilégié à perpétuité le grand autel du sanctuaire de la Salette.

Un bref, du 26 août 1852, accorde aux membres de la Confrérie de la Salette :

1° Une indulgence plénière le jour de leur entrée dans la Confrérie;

2° Une indulgence plénière à l'article de la mort;

3° Une indulgence plénière, une fois par an, le jour de la fête principale de la Confrérie;

4° Une indulgence de sept ans et sept quarantaines, quatre fois par an, à quatre jours déterminés;

5° Soixante jours d'indulgence pour chaque œuvre de piété ou de charité accomplie par eux.

Un bref du 3 septembre 1852 accorde une indulgence plénière, une fois par an, à tous ceux qui visiteront l'église de Notre-Dame de la Salette.

Un bref du 7 septembre accorde, pour dix ans, aux Missionnaires de la Salette, le pouvoir de bénir et d'indulgencier les croix, médailles, chapelets, et de donner le scapulaire aux fidèles.

Par un bref du même jour, Sa Sainteté Pie ix érige la

fait une décision doctrinale, comme c'était son droit d'après les décisions du saint concile de Trente [1]. Mais, avant d'agir, il a consulté Rome, et Rome l'a approuvé. C'est encore Pie IX qui a permis' que chaque année, dans le diocèse de Grenoble, on fêtât, le 19 septembre, la glorieuse Apparition.

MAXIMIN A-T-IL RÉVÉLÉ SON SECRET A D'AUTRES QU'AU PAPE?

En vertu de l'obéissance dont on lui a démontré la nécessité, Maximin l'a fait connaître aussi aux deux Prélats de Grenoble. On a fait courir des bruits si absurdes, si faux, que l'autorité ecclésiastique de Grenoble a cru devoir *ordonner* à l'ado-

Confrérie de Notre-Dame de la Salette en Archiconfrérie, sous le vocable de NOTRE-DAME RÉCONCILIATRICE de la Salette.

(Cette Archiconfrérie compte maintenant au moins 50 mille membres, dont 15 mille des diocèses d'Arras et de Cambrai.)

[1] Nulla etiam admittenda esse nova miracula. ....Nisi eodem recognoscente et approbante Episcopo, qui simul atque de iis aliquid compertum habuerit, adhibitis in consilium Theologis, et aliis viris, ea faciat, quæ veritati et pietati consentanea judicaverit.

lescent de lui confier son secret véritable, afin, sans doute, de pouvoir détruire ces bruits plus sûrement.

Je ne saurais trop recommander de ne pas ajouter foi aux prétendues révélations que Maximin aurait faites et qu'on colporte partout. A l'heure qu'il est, on fait parler Maximin de tous côtés, à Lyon, à Paris, à Lille, à Londres même, et cependant la vérité est qu'il n'a révélé son secret qu'à ses supérieurs ecclésiastiques. Ce jeune homme est souvent obsédé de questions importunes. Il ne peut faire un pas, sans qu'il ait à répondre à droite et à gauche. Celui-ci lui parle de la Chine ; celui-là des Turcs ; un autre du Pape ; un autre du gouvernement, puis de Paris, puis de Rome, de la République, de la rouge, de la blanche, que sais-je ? et tous croient avoir mis la main sur le trop fugitif secret lorsque Maximin, pour se débarrasser de leurs importunités, leur a dit : « Eh bien ! oui, vous avez raison ; mon secret c'est cela. » Ils prennent ces aveux pour argent comptant, tandis que de la part de Maximin c'est un moyen de les éconduire

7

poliment et de leur dire, selon son mot familier : « Vous m'emb..... » Pour lui arracher son secret, il n'est pas d'efforts qu'on n'ait faits, pas de ruses qu'on n'ait employées. Il a été circonvenu de tant de manières et par tant de gens plus ou moins *étranges*, qu'il n'est pas étonnant qu'il ait dit ou laissé croire des choses étrangères à son *secret* et à sa *mission*. On a été jusqu'à le magnétiser pour le faire parler sur le baron de Richemont, qui vient de mourir, et sur d'autres choses. On lui a tendu des pièges, on a alimenté sa curiosité de vaines prédictions. Tout cela était bien propre à jeter quelque confusion dans cette jeune tête. Néanmoins, Maximin est toujours resté imperturbable, inflexible, sur son secret; il ne l'a confié qu'aux supérieurs ecclésiastiques, auxquels toute vision véritable, toute apparition divine doit être soumise. Il est tout aussi *impénétrable* aujourd'hui que pendant les cinq premières années. Si les curieux veulent s'en convaincre, ils n'ont qu'à en faire l'expérience.

On a souvent fait une objection qui a

certainement un côté très-spécieux. Ces
enfants, dit-on, avaient annoncé qu'ils ne
diraient JAMAIS leurs secrets à personne,
d'où vient donc qu'ils les ont donnés
au Pape et aux deux Évêques de Grenoble

Pour répondre à cette objection et à
bien d'autres, je crois devoir reproduire
des demandes et des réponses qui ont été
faites à différentes époques et surtout peu
de temps après l'Apparition. Que le lecteur
médite bien ce qu'il va lire, et il parviendra
peut-être à lever un coin du voile qui cache
les impénétrables révélations. Ces enfants
ont gardé leurs secrets avec une ténacité
qui tient du prodige : c'est incontestable.
Mais ces secrets, qu'ils conservaient si soigneusement, qui les occupaient constam-
ment, qui mettaient à chaque minute leur
vigilance en éveil, n'ont-ils pas dû influer
sur leur manière d'apprécier les choses,
sur leurs réponses, sur leurs questions
même, en sorte qu'un esprit scrutateur
pourrait maintenant les voir, du moins en
partie, comme à travers un transparent ?...
Ce qu'on va lire devra donc piquer gran-

dement la curiosité, et éveiller l'admiration autant que la surprise.

A Mélanie. D. Le secret que la Dame
vous a confié, ne le direz-vous jamais ?

R. Je le dirai, *oui* ou *non*.

D. Vous avez dit, assure-t-on, que vous
ne le direz jamais.

R. Je n'ai pas dit que je ne le dirais pas,
peut-être à telle époque : je le dirai, *oui* ou
non.

A Maximin. D. Vous vous êtes entendu
avec Mélanie. On vous a donné de l'argent
pour que vous disiez cette histoire.

R. Moi je dis non.... Si vous ne voulez
pas le croire, laissez-le.

D. Vous avez voulu faire parler un peu
de vous. Cela durera peut-être encore un
an, et puis tout tombera.

R. Ça tombera, ça tombera.... quand la
religion tombera !

A Mélanie. D. Connaissiez-vous Maximin
avant le 19 septembre 1846 ?

R. Je l'ai connu deux jours *avant*.

D. Mais comment se fait-il que vous ne
le connaissiez pas, puisque le 19 vous étiez
bons amis, vous lui parliez ?

R. Monsieur, je vous parle et je ne vous connais pas.

D. Vous devez être contente et heureuse que la sainte Vierge vous ait fait ces prophéties ?

R. Oui, mais je serais *bien plus contente* si elle ne m'avait pas dit de les dire.

D. Et pourquoi donc ?

R. *Cela me fait trop voir.*

A Maximin. D. On dit qu'il ne vous est pas difficile de vous taire sur *votre secret,* parce que vous n'avez pas de secret à garder.

R. Tant mieux, s'ils disent ça !... Ils ne viendront plus me le demander.

D. Pourquoi répondez-vous quelquefois par des boutades peu respectueuses, quand on vous questionne sur votre secret ?

R. C'est que, quand on me demande *mon secret,* j'ai si grande peur de le dire tout de suite, que j'aime mieux manquer de respect pour qu'on me laisse tranquille.

Un ecclésiastique à Maximin.

D. Mon enfant, nous direz-vous votre secret ?

R. Non, Monsieur.

D. Jamais?

R. Je ne dis pas *jamais* ou un jour.... Je ne le dirai pas à présent.... Voilà....

A Mélanie. D. Quoi qu'il en soit, les choses prédites par cette *Dame* ne sont pas arrivées : Il n'y a pas eu de famine.

R. Monsieur, le bon Dieu n'est pas comme les hommes, *il ne punit pas tout de suite*.

Un Anglais catholique à Maximin. D. Savez-vous ce que c'est que d'être protestant?

R. Oui, Monsieur, je sais.

D. Sont-ils chrétiens les protestants?

R. Hé! oui, ils sont chrétiens, mais pas catholiques.

D. Quelle différence faites-vous entre un catholique et un protestant?

R. Les protestants donc, ils ne vont pas à confesse, *ils ne veulent pas de Pape* [1].

Un prêtre à Maximin.

D. Je ne crois pas tout ce que tu me dis.

R. Et la fontaine donc, pourquoi est-elle là?

D. S'il fallait dire ton secret ou mourir?

---

[1] Voir un passage de M. Combalot, note C, à la fin du volume.

R. (*avec fermeté.*) Je mourrai... Je ne le dirai pas.

D. Mais c'est peut-être le démon qui t'a confié ton secret?

MAXIMIN (*seul*). Non, car le démon n'a point de christ, et le démon ne défendrait pas le blasphème.

MÉLANIE (*seule, à la même question*). Le démon peut bien parler, mais je ne crois pas que ce soit lui qui puisse dire des secrets comme ça. Il ne défendrait pas de jurer, il ne porterait pas de croix et ne dirait pas d'aller à la messe.

A Maximin. **D.** La *Dame* t'a trompé; elle t'a prédit une famine, et cependant la récolte est bonne partout?

MAXIMIN. Qu'est-ce que cela me fait? elle me l'a dit, cela la regarde [1].

D. Vois-tu, je ne te crois pas, tu es un menteur.

R. (*avec vivacité.*) Alors, pourquoi venir de si loin pour m'interroger?

D. Si le Pape te disait qu'il ne faut rien croire de tout cela, *que lui dirais-tu?*

---

[1] Il paraît que cette année (1854) on ne lui fait plus la même objection.

L'enfant répondit avec la plus grande douceur et le plus grand respect : *Je lui dirais qu'il verra.*

D. Comment en êtes-vous venu à révéler votre secret au Pape, lorsque vous aviez plusieurs fois déclaré que la sainte Vierge vous a défendu de le dire à *personne.*

R. Je ne savais pas alors les pouvoirs du pape, ni qu'il n'est pas comme une autre personne. Mais je *vois* à présent que, puisque le pape demande mon secret, je *dois* le lui dire.

On pourrait peut-être penser que ces enfants n'ont cédé qu'à une pression venue de haut lieu. J'aime mieux croire que la sainte Vierge y a mis son intervention. Si la sainte Vierge n'avait pas permis cette révélation *en faveur du pape,* jamais aucune puissance sur la terre n'aurait pu briser cet invincible silence. Il est facile de s'en convaincre par la résistance opiniâtre que les dépositaires des secrets ont opposée jusqu'à la fin. La suite fera voir que j'ai raison.

On demanda à Mélanie, après avoir donné son secret cacheté, si le Pape pourrait le divulguer.

R. Il fera ce qu'il voudra... puis elle ajouta : *Et si ces secrets le regardaient lui-même!!*

Un jour, Mélanie questionna beaucoup les religieuses, chez qui elle restait, sur la situation de Rome.

D. Pourquoi, mon enfant, me faites-vous cette question ?

R. C'est que la sainte Vierge, en s'enlevant, a regardé Rome.

D. Comment le savez-vous ?

R. J'ai pensé quelques jours après l'Apparition que c'était peut-être bien Rome. Oh! quel regard, ajouta-t-elle, quand mes yeux ont rencontré ses yeux!! Je me suis mise à pleurer aussi.

D. Son regard était donc bien triste.

R. Oh, oui, bien triste.

D. Ses larmes coulaient donc ?

R. Elles coulaient pendant qu'elle parlait.

D. Tout le temps ?

R. Oui. [1].

Quand M. Gérin, curé de la cathédrale de Grenoble, fut revenu de Rome, où il

[1] Extrait de l'*Echo de la sainte montagne*, livre fort intéressant, par Melle Marie des Brulais. Nantes.

avait été avec M. Rousselot déposer les secrets dans les mains du Pape, il eut une entrevue avec Mélanie. Entr'autres choses, il lui dit ceci : « Je ne sais pas ce que vous avez écrit au Pape, mais il a paru affecté. » Comme elle hésitait à répondre, M. Gérin continua : Il paraît que ce n'était pas flatteur ? *Flatteur*, a-t-elle repris. — Mais oui, *flatteur* : savez-vous ce que veut dire ce mot ?

R. Je le sais... cela veut dire qui fait plaisir, mais ça doit faire plaisir au Pape : *un pape doit aimer à souffrir!!*

Il me semble que cette réponse dit tout. Elle explique le motif pour lequel la sainte Vierge a fait une exception en faveur de Pie ix, ce pape si cher à Dieu et à l'Eglise, ce pontife si vénéré, qui, dans toutes ses épreuves, a été si noble, si résigné, si digne d'être le représentant de Jésus crucifié... Le Seigneur annonce les calamités, afin que, lorsqu'elles arrivent, elles portent d'autant moins le trouble dans les âmes, qu'elles ont été connues à l'avance [1].

[1] Dominus mala denuntiat, ut eò minus perturbent venientia, quò fuerint præscita. *S. Grégoire, pape. Hom.* 35.

Une autre raison tirée de la cause elle-même, c'est que, comme l'a fort bien dit M. Rousselot dans son troisième volume, si les enfants n'avaient pas donné leurs secrets même au Pape, le fait de la Salette était ébranlé, on n'y aurait plus eu foi, on aurait dit : Ils ne donnent pas leurs secrets parce qu'ils n'en ont pas. Ainsi donc diverses raisons également fortes, l'intérêt de la Religion, le bien de l'Eglise, l'honneur de la vérité, la confiance des fidèles, tout demandait que ces secrets fussent au moins révélés au Saint-Père. Mais nous arrivons à la partie la plus intéressante. Ecoutez Mélanie.

D. Ne regrettez-vous pas d'avoir révélé au Pape ce secret que la sainte Vierge vous avait défendu de dire?

R. Non, je ne regrette pas de l'avoir dit au Pape.

D. Mais vous ne deviez le dire à personne, et le Pape est une personne?

R. Je ne savais pas ce que c'était que le Pape, quels droits il avait dans l'Eglise, et qu'on doit lui obéir [1].

[1] Les enfants savent maintenant aussi les droits des

D. Mais avant de révéler votre secret au Pape, n'avez-vous pas revu la sainte Vierge?

Ici Mélanie garde le plus profond silence, baisse les yeux, et laisse l'assistance dans une espèce de stupéfaction!! « Allons, ma bonne amie, dites-nous si la sainte Vierge vous aurait apparu de nouveau pour vous déterminer à révéler votre secret au pape. » Même silence de la part de Mélanie, ses yeux restent modestement baissés!!![1].

ABSURDITÉS REPRODUITES DANS LE JOURNAL PROTESTANT DE LONDRES, LE TIMES.

Je ne peux passer sous silence les assertions mensongères du journal anglais, *le*

Evêques dans leur diocèse. Voilà pourquoi ils ont consenti à donner dernièrement leurs secrets aux deux Evêques de Grenoble.

[1] Est-ce que tout n'est pas miraculeux dans le fait de la Salette? Qu'y aurait-il donc d'étonnant que la sainte Vierge eût encore manifesté sa volonté à Mélanie, qui résistait tant à donner son secret? On voudrait la faire passer pour visionnaire, mais Maximin était présent à l'apparition du 19 septembre 1846. Il faudrait que lui aussi fût un visionnaire.

Times, relatives à l'Apparition de la Salette. Qu'on ne soit pas étonné de rencontrer sur notre chemin ce coryphée de l'an-
glicanisme. Le lecteur va juger par lui-
même jusqu'où peut aller la passion de
ce journal.

« Le fait de la Salette, dit-il, a été inventé par un maître d'hôtel qui avait dans
son champ une source dont il désirait tirer
parti. »

Voilà ce qu'un journal grave débite sé-
rieusement ; ce qu'il ne rougit pas de jeter
en pâture à ses milliers d'abonnés. Pour
oser se jouer ainsi de la vérité et de la
notoriété publique, il faut que le rédacteur ait une foi bien grande et malheu-
reusement trop fondée dans la crédulité
de ses lecteurs anglicans, et qu'il leur
suppose dans le cœur quelque chose de
cette haine du catholicisme qui le dévore
lui-même. De telles assertions ne se ré-
futent pas ; il suffit de les constater pour
en faire justice. Quand les abonnés du
Times voudront savoir combien sont in-
vraisemblables et ridicules les mensonges
qu'on forge pour les entretenir dans l'er-

reur, ils n'auront qu'à faire une excursion jusqu'à la Salette, il ne leur sera pas difficile de reconnaître combien il est absurde de placer des maîtres d'hôtel sur des montagnes couvertes de neige huit mois de l'année, élevées à 2,000 mètres au-dessus du niveau de la mer, et que l'on ne gravit qu'à dos de mulet.

Le rédacteur du *Times* ne s'en tient pas là ; il a recours à l'insulte, dernières ressources des mauvaises causes. Il a l'audace d'attaquer les deux illustres évêques de Grenoble, Mgr de Bruillard, qu'il regarde comme tombé dans l'enfance, et Mgr Ginoulhiac comme dévoré d'ambition !! Puis, il distille, en passant, quelques gouttes de son venin sur les Chartreux *qui gagnent plus de deux cent mille francs par an avec des liqueurs.* De tels outrages ne doivent pas étonner de la part d'un journal qui ne respecte même pas la dignité du Chef auguste de l'Eglise et qui semble aujourd'hui plus que jamais conspirer sa ruine.

Bien que les Chartreux n'aient rien à faire avec la Salette, je ne ne veux pas

laisser sans réplique ce passage du *Times*.
C'est pour moi une occasion favorable de
prouver à ces bons Pères toute ma recon--
naissance pour les heures de bonheur et
d'édification que j'ai passées chez eux. Le
révérend père général a bien voulu m'accorder une audience dont je conserve un
précieux et honorable souvenir. Pour votre
édification, M. le rédacteur du *Times*, vous
allez voir que les Chartreux savent faire
autre chose que des liqueurs.... Ils ne man-
gent ni viande ni poisson. Les œufs et le
laitage leur sont interdits en carême, en
avent, et tous les vendredis de l'année,
pendant laquelle ils jeûnent huit mois...
Le mobilier d'un chartreux consiste en un
crucifix, une table, un fauteuil, quelques
chaises, un sablier, symbole du temps qui
s'enfuit... Et pendant que vous aiguisez
contre eux les traits de vos injures, ces
hommes de Dieu se lèvent pour chanter
matines et prier pour leurs ennemis... Si
la divine Providence leur a donné un ad-
mirable secret, ce sont les gens du monde
qui en profitent en réalité, ainsi que trois
pauvres paroisses des environs dont la

Grande-Chartreuse est la mère nourricière!!!

———•❧•———

MGR DE BRUILLARD. — MGR GINOULHIAC.

Mgr de Bruillard a maintenant **88 ans.**
Il est né le 11 septembre 1765. Pour
faire tomber dans le discrédit le fait de la
Salette, le *Times* laisse croire que ce res-
pectable vieillard n'a plus toute sa tête,
que ses facultés intellectuelles s'éteignent;
puis il ajoute : « Nous tenons cela d'une
lettre de Grenoble. » Pure invention! cette
prétendue lettre n'a pas été assurément
marquée du timbre de la poste; elle a
été écrite dans l'officine du journal de
Londres. Deux fois j'eus l'honneur d'être
reçu par Mgr de Bruillard, et j'affirme
n'avoir remarqué en lui aucune trace de
cet affaiblissement des facultés mentales
dont parle le *Times*. Sa Grandeur, malgré son âge avancé, étonne par sa luci-
dité de vues, par sa juste appréciation
des choses et par sa prodigieuse mémoire,
qui lui permet encore de rapporter quel-

que fait que ce soit avec une précision
toute particulière. Cet apôtre de Dieu est
d'une bonté, d'une simplicité, d'une piété
que je ne puis rendre. Je proteste donc
contre les allégations défavorables, an-
ciennes et nouvelles, que l'esprit de men-
songe a inventées contre ce vénérable et
intrépide defenseur de la Salette. Il lui a
fallu certainement tout le courage qu'ins-
pirent la conviction et l'amour du devoir
pour entreprendre, à son âge, une tâche
qui se montrait hérissée de tant d'ob-
stacles. Ses collègues dans l'épiscopat en-
vieront un jour sa gloire. Sa prudence
et son courage resteront dans l'Eglise
comme des enseignements ! !

La retraite ecclésiastique eut lieu pendant mon séjour à Grenoble ; quatre cents
prêtres au moins y prirent part. Elle s'est
terminée par la rénovation des promesses
cléricales. Mgr de Bruillard et Mgr Ginoulhiac présidèrent cette imposante cérémonie. Oui, le saint évêque, qui s'est
volontairement déchargé du fardeau de
l'épiscopat, a quitté sa retraite pour venir,
dans cette solennelle circonstance, partager

8

les douces émotions de son successeur et dire à ses prêtres, de cette voix douce et paternelle, qu'ils ont tous reconnue : « Mes enfants, je suis heureux quand je me trouve au milieu de ma famille. Je vous bénis, priez pour moi. »

Non contents de diriger leurs traits contre Mgr de Bruillard, les opposants de la Salette osent encore s'en prendre à son digne successeur, Mgr Ginoulhiac. « Il n'a pas, disent-ils confiance au fait de la Salette, il n'y croit pas; mais il faut bien qu'il continue l'œuvre de son prédecesseur, il en a contracté l'engagement. » Autant de mensonges que de mots. Monseigneur Ginoulhiac m'a fait l'honneur de m'accorder plusieurs audiences; il m'a longuement entretenu du fait de la Salette : j'affirme qu'il y croit. S'il suit les traces de son prédécesseur, ce n'est point par *convention*; c'est par *conviction*. Tout le monde connaît l'indépendance de caractère, la force d'âme, les talents, la piété de Mgr Ginoulhiac. Si j'en parle, c'est moins pour le défendre que pour féliciter le diocèse de Grenoble de ce que la divine

Providence a donné un tel successeur à Mgr de Bruillard.

————◦◦◦⁕◦◦◦————

LES CRAINTES.

« Prenez garde, allez doucement ; ce fait n'est pas certain ; il a des contradicteurs même à Grenoble ; tous les évêques ne sont pas du même avis ; quel malheur pour la Religion si l'on venait à découvrir que ce n'est qu'une fausseté ! ! » Voilà ce qu'on nous crie depuis sept ans...

Allez doucement... Mais nous avons marché et nous marchons encore avec l'autorité ecclésiastique de Grenoble, qui a mis plus de cinq ans à étudier cette cause. Certes, ce n'est pas là de la précipitation.

Il a des contradicteurs !.... Et depuis quand faut-il s'étonner que la vérité soit en butte aux contradictions ? N'est-ce pas le sort qui lui est réservé en ce monde ? Le peuple juif s'est-il rendu à l'évidence des miracles du Sauveur, bien qu'ils se passassent dans son sein et sous ses yeux ?

S'il nous fallait douter de tout ce qu'il a plu à certains esprits de contester, certes, le cercle de nos croyances serait bien resserré. Rappelons-nous qu'il y aura toujours des hommes avec des yeux pour ne point voir et des oreilles pour ne point entendre; que la lumière de la vérité, si vive qu'elle soit, n'éclairera jamais toutes les intelligences, parce que, comme dit Saint-Hilaire : *Omnis sermo* ejus *carnalibus* tenebræ *sunt, et verbum ejus infidelibus nox est.* Le langage de la vérité n'est que ténèbres pour ceux qui ne voient qu'avec les yeux de la chair, et sa parole, qu'une nuit pour ceux qui ne veulent point croire.

Il y a des contradicteurs même à Grenoble[1]... Pourquoi n'y en aurait-il pas là comme ailleurs? Observons, toutefois, que, comparé à la multitude des croyants, le nombre de ceux qui ont refusé leur adhésion forme une bien faible minorité. Mais *ils sont hommes d'esprit*, dit-on... Prendrez-vous donc pour des ignorants ces prêtres pieux et en grand nombre, qui de toutes les parties du diocèse de Gre-

[1] Voir la note D, à la fin du volume.

noble, se pressaient, le 19 septembre,
sur la sainte montagne, pour rendre leurs
hommages à la Mère de Dieu? Quelques
négations isolées peuvent-elles contreba-
lancer une manifestation, un témoignage,
si compacts et si explicites?

*Tous les évêques ne sont pas du même
avis...* D'après les décrets du saint concile
de Trente, cette affaire regarde Mgr de
Grenoble *seul*.[1] Il peut se faire que, dès
le commencement, plusieurs évêques aient
hésité à donner leur adhésion publique ou
tacite; mais aujourd'hui que le Saint-Père
s'est prononcé, aujourd'hui que l'on connaît la décision doctrinale de l'Evêque de
Grenoble, il est difficile de croire qu'il y
ait un seul Evêque opposé à la Salette.

Que dire encore de *cette crainte pour la
Religion*, qu'on met toujours en avant?
Oh! cette crainte cache de l'hypocrisie et
non du dévouement. Allez à la Salette au
19 septembre, et vous verrez si la Religion
peut jamais avoir à souffrir de cette pieuse
croyance et si, au contraire, la France et

[1] Nous avons précédemment cité le texte du décret du
concile.

le monde catholique ne doivent pas en retirer les plus précieux avantages. Quoi! ce prodige a déjà fait rentrer dans le devoir les populations qui entourent la Salette; il a conduit des milliers de pénitents aux pieds des confesseurs; il a fait monter vers le Ciel les supplications de plus de cent mille pèlerins; il nous rappelle nos devoirs envers Dieu, la loi du dimanche qu'on viole avec audace, le blasphème qu'on profère sans crainte; et il pourrait devenir préjudiciable à la Religion! et il ne serait pas l'œuvre de Dieu!

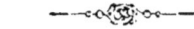

EST-ON OBLIGÉ DE CROIRE AU FAIT DE LA SALETTE?

Le fait de la Salette n'est pas un article de foi, personne ne peut avoir la prétention de l'élever à cette hauteur. Mais il est certain qu'on trouverait difficilement dans l'Eglise un fait qui présente plus de motifs de certitude morale. Il a pour lui l'assentiment du Chef de l'Eglise, confirmé par de nombreuses indulgences et

par une fête canoniquement établie dans
le diocèse de Grenoble. Il a pour lui l'adhésion publique d'un grand nombre d'E-
vêques de France et des pays étrangers,
et probablement l'adhésion tacite de tous.
Plusieurs Evêques ont permis qu'on bâtît
des églises, qu'on élevât des sanctuaires[1],
dans leurs diocèses, sous le vocable de
Notre-Dame de la Salette. Il a pour lui
des guérisons innombrables, instantanées,
arrivées pendant des neuvaines ou des pèlerinages en l'honneur de Notre-Dame de
la Salette. Plusieurs de ces guérisons ont
été reconnues miraculeuses par l'Ordinaire.
Il a pour lui le changement de mœurs des
contrées voisines de l'Apparition. Il a pour
lui l'immense concours de pèlerins de tous
les pays du monde. Il a pour lui *surtout*
la décision doctrinale de Mgr de Grenoble.

UN MOT SUR LE NOUVEAU SANCTUAIRE DE LA SALETTE.

Cet édifice qui s'élève majestueusement

[1] Notamment dans les diocèses de Quimper (France), de
Gand (Belgique), de Birmingham (Angleterre).

sur le lieu même de l'Apparition est du style romano-byzantin. Le chœur seul est terminé ainsi que la demeure des missionnaires. Celle des pèlerins est en voie de construction. Il est impossible, à moins d'avoir vu la position des lieux, de se faire une idée des frais que nécessitent ces travaux. Mais la divine Providence veille sur cette œuvre, et la charité des fidèles, qui, de toutes les contrées, s'est manifestée par de si grandes largesses, ne cessera de couler, comme cette divine fontaine, son symbole, qui arrose de ses eaux intarissables le pied du béni sanctuaire

CONCLUSION.

C'est pour le monde entier que la sainte Vierge a apparu à la Salette. Mais on ne peut douter qu'elle n'ait eu spécialement en vue le salut de la France[1]. C'est sur le

[1] Quand le Saint-Père eut pris connaissance des secrets des enfants, il a dit : « Il s'agit de fléaux dont la France est menacée. »

sol de la France qu'elle est venue verser
ses larmes ! Prodige inouï, que l'amour
de Marie pour nous et les châtiments terribles dont nous sommes menacés peuvent
seuls expliquer ! Ne sommes-nous pas, en
effet, *son peuple* de prédilection? Depuis
bien des siècles [1] ne sommes-nous pas sous
sa protection immédiate? Son culte n'a-t-il
pas de profondes racines dans notre patrie?
N'avons-nous pas un mois entier consacré
à sa gloire? Est-il une cité, une bourgade,
un hameau en France qui n'ait pas à montrer une église, un autel, un petit oratoire
élevés en son honneur?... Et les services
que la France a rendus et rend encore à
la religion, Marie pouvait-elle les oublier?
Présentés par ses mains divines au pied
du trône de Dieu, n'ont-ils pas souvent
arrêté la foudre qui gronde sur nos têtes

[1] C'est à cette auguste protectrice qu'on doit les sanctuaires
les plus célèbres et les plus antiques de la France : Dans les
environs de Caen, N.-D. de la Délivrande, l'an (754); N.-D.
de Liesse (1134); N.-D. de Nantes (937); N.-D. de Fourvière
à Lyon, et N.-D. de l'Épine, près de Châlons-sur-Marne : Dans
le Nord de la France, N.-D. des Ardents à Arras (1105);
N.-D. de Cambrai (1322); N.-D. de Bourbourg (1383); N.-D.
de Boulogne (633); N.-D. de la Treille à Lille, au commencement du 14e siècle; N.-D. de Réconciliation à Esquermes
(1183); Notre-Dame de Grâce à Loos (1581).

9

BIBLIOTHÈQUE IMPÉRIALE
IMPR.

coupables? Oui, malgré nos écarts, nous sommes encore le peuple très-chrétien. La France est toujours fière d'être la fille aînée de l'Eglise. La papauté est-elle menacée, la France vole à son secours. Voyez sur toute la surface du globe comme nos intrépides missionnaires étendent le règne de Jésus-Christ, en récoltant d'abondantes moissons pour le ciel. « Cette terre de France, dit S. Em. le cardinal Wiseman, enrichit le monde entier par ses œuvres innombrables de charité et de zèle. Aujourd'hui comme autrefois, elle envoie ses apôtres recueillir la palme du martyre aux extrémités de la terre, et fait briller dans les pays les plus barbares les vertus et l'héroïsme de ses filles de charité. »

Qu'on cesse donc de s'étonner de cette preuve d'affection tout exceptionnelle que Marie est venue donner à la France dans sa glorieuse Apparition de la Salette.

Mais la France, que la sainte Vierge veut sauver à tout prix, comprendra-t-elle l'étendue d'un si grand bienfait? Voudra-t-elle tourner ses regards vers cette lumière qui brille d'un si vif éclat sur la sainte

montagne ? Nous rendrons-nous aux avis
salutaires et pressants que, dans sa ten-
dresse maternelle, Marie vient nous donner
en versant des larmes amères sur les malheurs qui nous menacent et qu'elle ne peut
plus conjurer, parce que nous l'avons rendue impuissante en comblant la mesure de
nos désordres[1].... Le saint nom de Dieu
blasphémé... le jour du Seigneur profané...
voilà, surtout, ce qui a ouvert ces abîmes
que la Reine du ciel est venue nous dé-
voiler.

Veut-on apprendre la destinée d'une
nation, au sein de laquelle la profanation
du dimanche est passée dans les mœurs ?
Qu'on lise attentivement ces paroles de
l'illustre prélat qui gouverne l'Eglise d'Arras, Mgr Parisis. Après avoir fait, dans
une instruction mémorable, l'affligeant
tableau d'une paroisse où l'on ne sanctifie
plus le dimanche, il dit : « Non-seulement les intérêts éternels sont compro-
mis dans de telles paroisses, mais les vrais
intérêts même de la terre y sont sacrifiés.

[1] Je ne puis plus retenir le bras de mon Fils (*paroles de la sainte Vierge*).

Car, sans la sanctification du dimanche, point d'instruction religieuse ; sans instruction religieuse, point de morale solide ; sans morale solide, point de conscience ; sans conscience, point de liens sociaux, point de sécurité sociale, point de société. Si donc maintenant l'on vous demande d'où vient cette corruption effroyable qui déborde aujourd'hui, répondez sans hésitation qu'elle vient originairement, qu'elle vient principalement de ce que les dimanches ne sont pas sanctifiés. »

Et voilà cependant la plaie qui ronge notre société. Que tardons-nous à employer le remède signalé d'une manière si touchante et si providentielle par notre divine Mère ? Craignons de lasser la patience du Seigneur, car alors le feu de sa colère, pour me servir de l'expression d'un prophète, nous dévorera comme une paille sèche, et nos iniquités nous emporteront comme un vent impétueux ! [1].

De grace, donc, revenons tous à la

---

[1] Misisti iram tuam, quæ devoravit eos sicut stipulam.
EXODE. ch. x, ỳ. 7.
Iniquitates nostræ quasi ventus abstulerunt nos.
ISAÏE. ch. LXIV, ỳ. 6.

sanctification du dimanche. Imitons la courageuse et éclatante initiative de quelques grands centres industriels de France, et ne nous exposons pas au sanglant reproche que le Seigneur adressait à deux villes coupables et endurcies : « Malheur à toi, Corozaïn ! malheur à toi, Bethsaïde ! parce que si les miracles qui ont été faits en vous avaient été faits en Tyr et dans Sidon, il y a long-temps qu'assises sous le cilice et dans la cendre ces villes eussent fait pénitence [1]. »

[1] Luc. ch. x, ⅴ. 13.

Pièces justificatives.

NOTE A.

LETTRE DE LA BERGÈRE DE LA SALETTE.

MONSIEUR,

« Ce n'est que d'après le commandement de notre Mère supérieure que je me fais l'honneur de vous écrire quelques lignes, pour vous parler de MARIE, notre Mère et notre protectrice; mais que dis-je? vous parler de la Reine des Anges!... moi, qui l'avais si peu aimée avant qu'elle se montrât à moi sur la montagne privilégiée, et qui l'aime encore si peu, oh! je suis la plus misérable des créatures!...

» On veut que je vous dise quelque chose de notre DAME DE LA SALETTE; mais je ne pourrais trop vous dire que ce que vous avez déjà lu dans les livres; cependant je pourrai vous dire quelques petites particularités qui ne sont peut-être pas écrites. 1° La très-sainte Vierge était entourée de deux clartés très-éblouissantes ; je ne saurais pas donner de nom à la couleur de la première clarté qui s'apparut à nous et qui s'étendait à peu près à trois ou quatre mètres autour de notre Mère ; par conséquent les deux malotrus bergers se trouvaient entourés de cette lumière qui ne se mouvait pas ; mais il sortait du corps de cette bonne Mère une autre clarté plus belle et plus brillante, qui venait jusqu'à nous, et qui remuait et formait des rayons. Je ne pouvais pas regarder long-temps, sans que mes yeux fussent remplis de larmes ; cependant, dans ce moment, je me sentais beaucoup plus de force à résister ; car, si tout n'avait pas été surnaturel, rien qu'aux approches de la première clarté, j'aurais été réduite en poussière ; et nous étions si près de la sainte Vierge, qu'une personne n'aurait pas pu passer entre. 2.° La très-sainte Vierge avait des roses autour de son fichu, et autour de ses souliers il y avait des roses blanches, bleues et rouges ; du milieu de ces roses, il sortait comme une espèce de flamme, qui s'élevait comme l'encens et venait se mêler à la lumière qui entourait notre protectrice ; enfin, il est plus qu'impossible que Dieu, sans nous le dire, ne nous ait pas changé nos yeux pour avoir pu être si longtemps dans un soleil. Dans le moment que la sainte Vierge parlait, le soleil que nous avons sur la terre ne paraissait plus qu'une ombre obscure ; aussi, je ne suis pas étonnée, si mes yeux ne voient plus le soleil aussi brillant que je le voyais avant l'apparition. 3° Pendant que la sainte Vierge nous parlait, elle pleurait et versait d'abondantes larmes. Oh ! Monsieur, qui ne pleurerait pas en voyant pleurer sa Mère ? C'est pourtant notre Mère qui pleure sur l'ingratitude de ses enfants. Les larmes de notre bonne Mère étaient brillantes; elles ne tombaient pas à terre, elles disparaissaient comme des étincelles de feu. La figure de MARIE était blanche et un peu allongée; elle avait des yeux bien doux; elle regardait d'un air bien bon, bien affable, et attirait à elle malgré soi. Oh! oui, il faut être mort pour ne pas aimer Marie, il faut être plus que ça, il faut n'avoir jamais été pour ne pas aimer et faire aimer Marie. Ah!... si je pouvais me faire entendre dans tout l'univers, c'est bien là que je contenterais la soif que j'ai de faire aimer Marie.

» O Jésus et Marie, soyez connus et aimés de tous les cœurs; c'est toujours mon premier soupir en me réveillant tous les matins.

» Veuillez bien, Monsieur, ne pas m'oublier dans vos prières, et moi, quoique très indigne, je prierai pour vous.

» Agréez l'hommage du profond respect, avec lequel je suis, Monsieur, votre très-humble servante.

> » Sœur MARIE DE LA CROIX,
> « la moindre des religieuses.

» Corenc, 26 juin 1853. »

NOTE B.

Extrait de la lettre de Mgr Dupanloup, du 11 juin 1848.

« On sait qu'ils se prétendent chacun possesseur d'un secret que l'autre ignore, et qu'ils ne doivent ni ne veulent dire à personne.

» Je n'ai pu m'empêcher de voir, dans leur fidélité à garder ce secret, un signe caractéristique de leur véracité.

» Ils sont deux, ayant chacun un secret, et cela depuis bientôt deux ans. Ayant chacun le leur, jamais l'un ne s'est vanté de savoir celui de l'autre. Leurs parents, leurs maîtres, leurs curés, leurs camarades, des milliers de pèlerins les ont interrogés sur ce secret, leur en ont demandé une révélation quelconque ; on a fait à cet égard des efforts inouïs : ni l'amitié, ni l'intérêt, ni les promesses, ni les menaces, ni l'autorité civile, ni l'autorité ecclésiastique, rien n'a pu les entamer à cet égard, à un degré quelconque ; et, aujourd'hui encore, après deux années de tentatives constantes, on n'en sait rien, absolument rien.

» Moi-même j'ai fait les plus grands efforts pour pénétrer ce secret. Quelques circonstances singulières m'ont aidé à pousser mes efforts plus loin que d'autres ; même j'ai cru un moment réussir.... Mais, je dois le confesser, toutes mes tentatives ont été vaines : au moment où je croyais atteindre mon but et obtenir quelque chose, toutes mes espérances s'évanouissaient ; tout ce que je m'imaginais tenir m'échappait tout-à-coup, et une réponse de l'enfant (Maximin) me replongeait dans mes incertitudes.

» J'avais avec moi un sac de voyage dont le cadenas se fermait et s'ouvrait à l'aide d'un *secret* qui dispense de se servir d'une clef. Maximin ne manqua pas de regarder ce sac, et me le voyant ouvrir sans clef, il me demanda comment je faisais. Je lui répondis que c'était un *secret*. Il me demanda très-vivement de le lui montrer. Le mot de *secret* réveilla dans mon esprit l'idée du sien. Je profitai de la circonstance, et je lui dis : « Mon » enfant, c'est mon secret, vous n'avez pas voulu me » dire le vôtre, je ne vous dirai pas le mien.

» — Ce n'est pas la même chose, me répondit-il sur-» le-champ. — Et pourquoi? lui dis-je. — Parce qu'on m'a » défendu de dire mon secret : on ne vous a pas défendu » de dire le vôtre. » Sans avoir l'air de l'avoir bien compris, je lui dis du même ton : « Puisque vous n'avez » pas voulu me dire le vôtre, je ne vous dirai pas le » mien. » Il insista. J'excitai moi-même ses instances et sa curiosité. J'ouvrais, je fermais mystérieusement mon cadenas sans qu'il pût comprendre mon *secret*. J'eus l'indignité de le tenir ainsi ardent, passionné, suspendu pendant plusieurs heures ; dix fois pendant ce temps, le petit garçon revenait violemment à la charge. « Je le » veux bien, lui disais-je, mais dites-moi aussi votre » secret. »

» A ces paroles tentatrices, l'enfant religieux reparaissait aussitôt, et toute sa curiosité semblait s'évanouir. Puis, quelque temps après, il me pressait encore. Je faisais même réponse, et je trouvais toujours même résistance. Le voyant immuable, je lui dis enfin : « Mais » au moins, mon enfant, puisque vous voulez que je

» vous dise mon secret, dites-moi quelque chose du
» vôtre. Je ne vous demande pas de me le dire tout-à-
» fait; mais dites-moi, au moins, ce que vous pouvez
» en dire. Dites-moi, au moins, si c'est une chose heu-
» reuse ou malheureuse ? ce ne sera pas me dire votre
» secret.

» — Je ne puis pas, » fut sa seule réponse.... Je cédai
enfin et lui montrai le secret de mon cadenas.

» Bientôt, cependant, je lui fis subir un nouvel assaut.
Je lui avais donné quelques images achetées au sommet
de la montagne. Il n'avait qu'un très-mauvais chapeau
de paille : je lui en achetai un autre, en rentrant dans
Corps. Puis, je lui offris de lui donner ce qu'il voudrait
encore. Il me demanda une blouse. Je lui dis d'en aller
acheter une. Il alla montrer les images, la blouse et le
chapeau à son père, et revint me dire que son père était
bien content. Il m'avait déjà parlé avec une certaine
affection des malheurs et des chagrins de son père ; je
profitai encore de l'occasion de la mort récente de sa
mère, et tout en me reprochant un peu, intérieurement,
les tentations que je faisais subir à cet enfant, je lui dis :
« Mais, mon enfant, si vous vouliez dire de votre secret
» ce que vous pouvez en dire, on pourrait faire beaucoup
» de bien à votre père. Je pourrais lui procurer bien des
» choses, et faire qu'il soit avec vous, chez lui, bien
» tranquille et bien heureux, sans manquer de rien. »

» Certes, la tentation était vive. L'enfant ne pouvait
douter de ma sincérité. Il me répondit d'un ton plus bas :
« Non, Monsieur, je ne puis pas. »

» Je ne me regardai pas comme entièrement battu,
et je poussai la tentation encore plus loin, trop loin
peut-être, mais certainement jusqu'aux dernières bornes;

» Une circonstance particulière faisait que j'avais sur moi une assez grande somme en or. Tandis qu'il rôdait autour de moi, dans la chambre de mon auberge, regardant tous mes effets, fouillant partout en véritable gamin, ma bourse et cet or se rencontrèrent sous ses yeux. Il s'en saisit avec empressement, le déroula sur la table, se mit à le compter, en fit plusieurs petits paquets; puis, après les avoir faits, il s'amusa à les défaire et à les refaire. Quand je le vis bien enchanté, bien ravi par la vue et le maniement de cet or, je pensai que le moment était venu pour éprouver et connaître avec certitude sa sincérité. Je lui dis avec amitié : « Eh » bien! mon enfant, si vous me disiez de votre secret » ce que vous pouvez m'en dire, je pourrais vous donner » tout cet or pour vous et pour votre père. »

» Je vis alors un phénomène moral assurément très-singulier, et j'en suis encore saisi en le racontant. L'enfant était tout entier absorbé par cet or; il jouissait de le voir, de le toucher, de le compter. Tout-à-coup, à mes paroles, il devient triste, s'éloigne brusquement de la table et de la tentation, et me dit : « Monsieur, je » ne puis pas. » J'insistai : « Et cependant il y aurait » là de quoi faire votre bonheur et celui de votre père. » Il me répondit encore une fois : « Je ne puis pas, » et d'une manière et d'un ton si ferme, quoique très-simple, que je me sentis vaincu. Cependant, pour n'en avoir pas l'air, j'ajoutai d'un ton qui voulait affecter le mécontentement, le mépris, l'ironie. « Mais peut-être que » vous ne voulez pas me dire votre secret, parce que » vous n'en avez pas : c'est une plaisanterie. » Il ne parut pas offensé de ces paroles, et me répondit vivement : « Oh! si, j'en ai un, mais je ne puis pas le dire.

» — Qui vous l'a défendu?

» — La sainte Vierge. »

» Je cessai dès lors une lutte inutile. Je sentis que la dignité de l'enfant était plus grande que la mienne. Je posai avec amitié et respect ma main sur sa tête; je traçai une croix sur son front et je lui dis : « Adieu, » mon cher enfant, j'espère que la sainte Vierge ex- » cuse toutes les instances que je vous ai faites. Soyez » toute votre vie fidèle à la grace que vous avez reçue. » Et après quelques instants, nous nous quittâmes pour ne plus nous revoir.

» A des interrogations, à des offres du même genre, la petite fille m'avait répondu : « Oh ! nous avons assez ; » il n'y a pas besoin d'être si riches... »

» Si j'étais obligé de me prononcer et de dire *oui* ou *non* sur cette révélation, je dirais *oui* plutôt que *non*. La prudence humaine et chrétienne me ferait dire *oui* plutôt que *non*, et je ne croirais pas avoir à craindre d'être condamné au jugement de Dieu comme coupable d'imprudence et de légèreté.

» Tout à vous,

DUPANLOUP.

Cette lettre est datée de Gap, 11 Juin **1848.**

NOTE C.

Voici un extrait d'un discours que prononça M. Combalot à Amiens, à l'occasion de la fête de sainte Theudosie.

« Les temps où nous vivons, s'écrie l'orateur, sont des temps remplis de terreur, mais riches aussi de consolation et d'espérance. « La papauté, pierre angulaire de » l'Eglise et de l'ordre social, n'a jamais été menacée, » attaquée, poursuivie par des ennemis plus terribles, » plus acharnés, plus invincibles, humainement parlant, » qu'à l'heure où nous sommes, » et jamais la papauté ne fut plus forte et mieux obéie.

» Voyez dans le Nord cet immense empire, qui sur les ruines de la papauté, détruite déjà dans ses espérances, rêve l'établissement d'une autre papauté.

» Et cette propagande biblique, étayée sur des monceaux d'or, mise en jeu par un fanatisme immense, à qui en veut-elle? C'est la papauté que les sociétés bibliques veulent détruire. Sur les débris de l'unité catholique, la propagande biblique travaille, avec une rage désespérée, à fonder le règne ténébreux de l'anarchie religieuse. Demandez au saint évêque de Genève, que mes yeux aperçoivent dans cette enceinte, et il vous racontera ce qui se passe dans la métropole de l'hérésie.

» Vous contemplez en ce moment, mes chers frères,

les traits de l'éminentissime cardinal, qui forme l'anneau le plus précieux de cette chaîne renouée des Evêques catholiques en Angleterre. Son image a été traînée, il est vrai, dans les boues de la Grande-Bretagne ; mais il a partagé cet honneur avec les statues de l'auguste Mère de Dieu, avec celles de saint Pierre et de Pie IX. Qu'est-ce que tout cela fait à la papauté ? la papauté ne recule pas. Elle a parlé, elle a vaincu. L'œuvre de la restauration catholique est consommée. »

NOTE D.

Un grand nombre de pèlerinages célèbres n'ont d'autre origine que des faits qui ont avec celui de la Salette une frappante analogie.

NOTRE - DAME DE BETHARAM.

Au diocèse de Lescar, dans le pays de Béarn, il y a une chapelle appelée Notre-Dame du Calvaire de Bétharam, beaucoup plus considérable par la vénération du lieu où elle est située, et les grandes merveilles que Dieu y a opérées, que par la grandeur de son édifice. Elle fut bâtie il y a environ 340 ans. Voici à quelle occasion.

Des petits bergers, conduisant leurs brebis parmi les rochers qui occupent le bas d'une montagne, sur le bord de la rivière du Gave, aperçurent au même endroit où est aujourd'hui le grand autel de la chapelle une lumière, vers laquelle étant accourus, il rencontrèrent une belle image de Notre-Dame. On bâtit dans cet endroit une chapelle, et incontinent il s'y ouvrit une source de graces si abondantes, qu'on y accourait de toutes parts. Elle fut plus tard saccagée par les soldats du comte de Montgommery; mais en 1615, messire Jean de Salettes,

10

évêque de Lescar, prélat d'une insigne piété et doctrine, la répara.

NOTRE – DAME DE GARAZON.

Une petite fille de douze ans, qui gardait les brebis en une lande, était assise près d'une fontaine, quand la Mère de Dieu lui apparut, et lui commanda de faire avertir par son père les consuls du Mont-Léon, de bâtir une église à son honneur à l'endroit où elle lui parlait. Les consuls exécutèrent les ordres de la Reine du Ciel, et lui construisirent une fort belle église. Les miracles qui y furent faits et qui depuis ont toujours continué, nommément ès personnes malades, furent tels et en si grand nombre, qu'ils lui donnèrent le nom de Notre-Dame de Guérison, qu'en langage corrompu ils appellent Garazon.

NOTRE – DAME DE MONT – SERRAT.

L'an 890, quelques pasteurs se rencontrant un samedi au soir sur le Mont-Serrat, en Catalogne; ils virent tout-à-coup une quantité de flambeaux être portés d'en haut dans une certaine caverne, et ils entendirent un concert magnifique d'une musique du paradis. A cette nouvelle, on accourt en foule. On trouve dans la grotte une image de Notre-Dame. L'évêque de Barcelone fit construire en cet endroit une belle église, qui fut incontinent renommée pour les miracles sans fin qui y furent faits.

NOTRE — DAME DE VALFLEURIE.

A sept lieues de Lyon, le célèbre pèlerinage de Val-
fleurie doit son nom à une image de la Vierge, qui fut
trouvée par certains bergers parmi des genêts qui étaient
fleuris, dans l'endroit où est la chapelle.

(Extraits de la Triple Couronne de la bienheureuse Vierge,
Mère de Dieu; par le R. P. François Poiré, de la Compagnie de
Jésus. Nouvelle édition, revue, collationnée et publiée par les
RR. PP. Bénédictins de Solesmes.)

TABLE.

— 118 —

Lille, Typ L. Lefort 1854.

www.ingramcontent.com/pod-product-compliance
Lightning Source LLC
Chambersburg PA
CBHW060833250626
47162CB00005B/2043